LOS S[...]

S U HISTORIA ES la his[...]a de la frontera americana, una inolvidable saga de los hombres y las
mujeres que domaron el desierto y que, con sus sueños y su coraje, construyeron una nación.

Creada por el inolvidable escritor Louis L'Amour,
la saga de los Sackett pone de relieve el espíritu y las
aventuras de generaciones de pioneros. Ferozmente
independientes y resueltos a enfrentar todos los retos,
descubrieron su destino colonizando un territorio
grande y salvaje.

Cada novela de los Sackett es una única y emocionante aventura histórica. Leídas en todo su conjunto,
narran el apasionante relato épico de un país único en
el mundo. Y nadie escribe mejor sobre la frontera que
Louis L'Amour, que ha caminado y cabalgado por los
mismos senderos que la familia Sackett, la cual él in-
mortalizó. Las novelas de los Sackett representan lo
mejor de L'Amour y son uno de los mayores logros de
su legendaria carrera.

Libros de Louis L'Amour

DISPONIBLES AHORA EN CASTELLANO

Catlow
Los madrugadores

LOS

MADRUGADORES

Louis L'Amour

Traducido por
Mercedes Lamamié de Clairac

BANTAM BOOKS

LOS MADRUGADORES
Un Libro de Bantam / octubre 2006

PUBLICADO POR
Bantam Dell
Una división de Random House, Inc.
Nueva York, Nueva York

La fotografía de Louis L'Amour por John Hamilton—Globe Photos, Inc.

ISBN-13: 978-0-553-58882-8
ISBN-10: 0-553-58882-6

Impreso en los Estados Unidos de América
Publicado simultáneamente en Canadá

www.bantamdell.com

5   4   3   2   1

CRONOLOGÍA
DE LAS NOVELAS SACKETT
DE LOUIS L'AMOUR

LOS MADRUGADORES

CAPÍTULO 1

MI HERMANO, ORRIN Sackett, era tan enorme como para pelear contra los osos con una fusta. Yo, yo era el flaco, de la misma estatura que Orrin, pero con carne sólo sobre los huesos de los hombros y en los brazos. Orrin cantaba como un ángel, o como un auténtico galés, que era mejor aún que los propios ángeles. Teníamos ascendencia galesa por los cuatro costados. Orrin era grande y fortachón, pero para un hombre tan grande era asombrosamente rápido.

La gente decía que yo era el reservado, y en los cerros donde nos criamos de niños, la gente evitaba pelear conmigo. Aunque Orrin era más grande que yo, y capaz de derribar a un toro, le faltaba algo que yo tenía.

¿Conocen la enemistad entre los Sackett y los Higgins? Pues en la época que les cuento, a nosotros los Sackett se nos habían acabado los Higgins.

Higgins el Alto, el más despreciable, también fue el último. Vino a la caza de los Sackett con un viejo rifle de matar ardillas. Estaba detrás de Orrin, y se envalentonó porque sabía que Orrin no iba a ir armado a una boda.

Lo último en que pensaba Orrin ese día era en los Higgins puesto que Mary Tripp le estaba dando la bienvenida y además había decidido casarse con ella, por lo que supuse que a mí me correspondía ir al encuentro de Higgins el Alto por el camino. En el mismo momento que iba a retarlo a desenfundar, el predicador Myrick maniobró su vagón en medio de nosotros, y cuando logré darle la vuelta me encontré a Higgins el Alto abierto de piernas en el camino apuntando a Orrin.

La gente empezó a gritar y Higgins el Alto disparó. Mary, que lo vio primero, empujó a Orrin para salvarlo, pero perdió el equilibrio y cayó justo enfrente de la bala destinada a Orrin.

—¡Alto!

Al reconocer mi voz, giro rápidamente, y tenía el rifle colocado en alto sobre la cintura y me apuntó apretando los labios.

Higgins el Alto tenía buena puntería con el rifle y disparó apresuradamente… quizás demasiado…

Volví mi veterana pistola a la pistolera y Higgins el Alto cayó mordiendo el polvo. Cuando me di la vuelta y caminé hacia la arboleda, fue el paseo más largo de mi vida, excepto otro que ocurriría mucho después.

Ollie Shaddock podía estar por allí, y sabía que si Ollie gritaba mi nombre tendría que darme la vuelta, porque Ollie era el representante de la ley por esas montañas, y además éramos parientes.

Cuando Mamá me vio acercarme acortando distancia entre los árboles supo que algo andaba mal. Tardé poco en contárselo. Ella estaba sentada en una mecedora destartalada y me miró fijamente a los ojos mientras se lo contaba. —¿Tye? —inquirió como enojada—, ¿Higgins el Alto te miraba a los ojos cuando lo mataste?

—Derechito a los ojos.

—Agarra el caballo moteado —dijo mi madre—, es el más rápido por las montañas. Vete hacia el oeste, y cuando encuentres tierras hondas y fértiles con animales de caza en las montañas, pide a alguien que me escriba y los muchachos y yo iremos para allá.

Miró a su alrededor a la desolación que la rodeaba. A pesar de trabajar sin descanso, y los Sackett éramos muy trabajadores, no lográbamos salir de apuros y vivíamos mal. Por eso Mamá, desde que murió Papá, soñaba con ir al oeste.

La mayor parte de este sueño se lo debía a Papá, un trotamundos inteligente que pasaba poco tiempo en casa, pero Mamá le quería a pesar de todo, y nosotros los chiquillos también le queríamos. Papá tenía voz de galés, una voz que podía hacer música de cualquier palabra y crear una canción que te hacía entrever esa tierra lejana que esperaba a la gente para que la segaran.

Los gastados ojos azules de Mamá eran más duros de afrontar incluso que Higgins el Alto, y él con un rifle en la mano. —Tye, ¿piensas que serías capaz de matar a Ollie?

Jamás se lo habría dicho a nadie, pero a ella sí le dije la verdad. —No me gustaría, Mamá, porque somos parientes, pero si no hay más remedio lo haría. Creo que puedo desenfundar más rápido y disparar más certero que nadie.

Ella se retiró la pipa de los labios.

—Llevo dieciocho años viéndote crecer, Tyrel Sackett, y te has pasado doce de ellos desenfundando y disparando. Tu padre me dijo cuando tenías quince años que nunca había visto cosa igual. Respeta la ley, Tye. Nunca vayas en contra de ella. —Se arropó el chal sobre las rodillas—. Si Dios quiere nos encontraremos de nuevo en las tierras del oeste.

El camino que tomé cruzaba la frontera del estado hacia el sur, y luego al oeste. Ollie Shaddock no me seguiría más allá del límite del estado, así que dejé atrás Tennessee antes de que cayera el día sobre las colinas.

El sendero que seguía atravesaba tierra salvaje. En dirección al oeste salí de Tennessee y continué hasta Arkansas, los Ozarks y, por solitarios senderos, hasta Kansas. Cuando por fin entré cabalgando en la calle principal de Baxter Springs, la gente pensó que era otro renegado de las montañas que venía a ayudar a que no entrara el ganado infectado de Tejas, pero yo no era uno de ésos.

Los tejanos tenían su ganado a ocho millas, y cabalgué hasta allí sin esperar un caluroso recibimiento para un extranjero. Esquivando los jinetes que daban vueltas por la zona, me aproximé a la hoguera; el olor a comida me revolvía el estómago. Llevaba dos días en ayunas, no me quedaba dinero y era demasiado orgulloso para mendigar lo que no podía pagar.

Un hombre bajo y fornido con cara cuadrada y bigote me increpó. —¡Oiga usted! ¡El del caballo gris! ¿Qué busca?

—Trabajo si tienen, y comida si les sobra. Me llamo Tyrel Sackett, vengo desde Tennessee y voy al oeste hacia los Rockies, pero si hay un trabajo montaré con ustedes hasta allí.

El hombre me miró de arriba abajo, de manera

penetrante, y luego dijo: —Baja, hombre, y acércate al fuego. Nunca he echado a nadie de la hoguera sin darle de comer. Soy Belden.

Cuando até a Dapple me acerqué, y vi un hombre corpulento y guapo tumbado cerca de la hoguera, un hombre con una barba dorada como la de los vikingos de los que mi padre hablaba. —¡Demonios —dijo afable—, un campesino!

—¿Qué hay de malo en ello? —pregunté—. Si alguien no los hubiera cultivado, ahora no tendría usted el estómago lleno de frijoles.

—Sr. Sackett, hemos tenido problemas con los campesinos —dijo Belden—, ha habido tiroteos y los campesinos mataron a uno de mis hombres.

—Así que —dijo una voz junto a mí—, quizás deberíamos matar a un campesino.

Era un buscapleitos y conocía su tipo desde hacía tiempo. Era un hombre de estatura media con el hombro caído del lado del arma. Tenía unas cejas negras y pobladas que se le unían encima de la nariz y un rostro delgado y estrecho. Si lo que buscaba era una pelea, iba por buen camino.

—Señor —le dije—, si cree que puede matar a este campesino, puede intentarlo.

Me miró por encima del fuego, sorprendido, pienso, porque había esperado verme asustado. Yo iba vestido como un campesino, con una camisa hecha en casa, vieja y remendada, y con los pantalones vaqueros metidos dentro de las botas. Estaba seguro de que mi aspecto era deplorable, pero si alguien miraba mi pistola vería que por ese barril había salido mucho plomo.

—¡Carney, ya está bien! —dijo Belden bruscamente—. ¡Este hombre está invitado a nuestra hoguera!

El cocinero me trajo un plato de comida y olía tan sabroso que no levanté la vista hasta que me comí ese y otro más y engullí tres tazas de café negro bien caliente. En las colinas preferíamos el café fuerte, pero éste era capaz de hacerte crecer alambre en vez de pelo en el pecho.

El tipo de la barba dorada me observaba y dijo a Belden: —Jefe, contrate a este hombre. Si trabaja como come, le hará buen trabajador.

—La cuestión es —interrumpió Carney—, ¿sabe pelear?

De repente reinó el silencio alrededor del fuego cuando aparté mi plato y me levanté. —Señor, no lo maté antes porque cuando me fui de casa le prometí a mi madre que tendría cuidado con el revólver, pero usted me está tocando la paciencia.

Carney sí que era un buscalíos, y cuando me miró por encima del fuego, comprendí que tarde o temprano tendría que matarlo.

—¿Así que se lo prometió a Mamá? —dijo, mofándose—. ¡Ya veremos! —Movió su pie derecho unos centímetros hacia delante, y yo estaba a punto de carcajearme cuando escuché a mis espaldas una voz calurosa y profunda que dijo decidida—: Señor, más vale que se retire y se siente. No voy a permitir que Tyrel le deje sin pellejo en este momento, así que siéntese y cálmese.

Era Orrin, y conociéndole, sabía que le apuntaba su rifle a Carney.

—Gracias, Orrin. Mamá me hizo prometerle que tendría cuidado.

—Ya me lo dijo ella... afortunadamente para este tipo.

Se bajó de la silla de montar; era un hombre agraciado, grandote y con unos hombros tan anchos que parecían los de dos hombres fuertes. Llevaba una pistola en el cinto y se notaba que sabía usarla.

—¿Sois hermanos? —preguntó Belden.

—Los hermanos de los cerros —contestó Orrin—, en camino del oeste en busca de nuevas tierras.

—Están contratados —dijo el Sr. Belden—. Me gustan los hombres que saben trabajar juntos.

Así fue como empezó todo, aunque algo había comenzado ese día que no podíamos imaginar, y menos Tom Sunday, el barbudo guaperas que fue nuestro capataz durante el recorrido. Desde el momento que abrió la boca nuestras vidas se unieron inexorablemente por un sendero cuyas vicisitudes nadie podía anticipar.

Todos los hombres apreciaron a Orrin desde el principio. Con su buena disposición, amplia sonrisa, valentía y humor, era el compañero ideal para recorrer el sendero. Hacía su trabajo y más, y por la noche alrededor de la hoguera cantaba o contaba historias. Cuando cantaba a las reses con voz de barítono galés, todos le escuchábamos.

A mí nadie me hacía caso. Desde que empecé vieron que sabía hacer mi trabajo y me dejaron tranquilo. Cuando Orrin les dijo que yo era el duro de los dos se rieron. A excepción de uno o dos que no se rieron, y uno de éstos era Tom Sunday, y el otro Cap

Rountree, un viejo delgado y tieso con bigote de morsa que parecía haber recorrido muchos senderos.

Al tercer día de marcha, Tom Sunday se puso a mi lado y me preguntó: —Tye, ¿qué habrías hecho si Reed Carney hubiera agarrado su pistola?

—Está claro, Sr. Sunday —dije—. Lo hubiera matado.

Me miró y dijo: —Sí, eso mismo pensé yo.

Se apartó entonces, pero giró en su silla de montar y añadió: —Llámame Tom. No me gustan los nombres largos.

¿Han visto las llanuras de Kansas? ¿Esa pradera que extiende hasta el horizonte? Pradera y nada más salvo algunas flores y el blanco de los huesos de búfalo, hierba agitada suavemente por el viento, moviéndose como un mar inquieto bajo la mano de Dios.

Al quinto día, cuando cabalgaba solo a buena distancia de la manada, salió de un barranco una docena de hombres en pelotón. En seguida me olí problemas, así que en lugar de esperarles, cabalgué a su encuentro.

Era un día muy agradable y el aire estaba templado por el verano. El cielo estaba azul con una nube que flotaba como si fuera un búfalo blanco perdido por la llanura del cielo.

Cuando los tuve cerca, desenfundé y esperé, con mi Spencer calibre .56 acuñada en mi silla de montar, mi mano derecha sobre el seguro del gatillo.

Ellos se acercaron; eran una banda de hombres sucios y duros, con un líder de aspecto tan mezquino que podía agriar la crema.

—Vamos a llevarnos parte de su manada —dijo abrupto—, y ahora mismo. Han pasado por nuestras tierras y se han llevado mucho de nuestro ganado, y además se han comido nuestro pasto.

Bueno, le miré y dije:

—Me consta que no es así.

Casi sin pretenderlo, había apuntado mi Spencer a su hebilla de cinturón, y tenía mi dedo derecho en el gatillo.

—Mira, muchacho —dijo fanfarroneando.

—Señor —contesté—, esta Spencer no es ningún muchacho, y acabo de hacer una apuesta con un compañero. Él dice que esas hebillas grandes de cinturón como la suya, pueden detener una bala. Yo, sin embargo, creo que un plomo calibre .56 le metería la hebilla en la barriga. Señor, si es usted tan amable podríamos decidir la apuesta.

Se quedó pálido, y si uno de los otros se movía iba a cargarme al toro de la manada y a tantos otros como el tiempo permitiera.

—Back —dijo uno de la banda que estaba detrás del líder—, conozco a este muchacho. Es uno de los Sackett de los que os he hablado.

Era uno de los Aiken de Turkey Flat, al que había echado de las montañas por ser ladrón de cerdos.

—¿Ah sí? —Back sonrió como si estuviera enfermo—. Perdona, muchacho, no sabía que fueran amigos —añadió—. Sigan por su camino sin problemas.

—Gracias. Eso haremos.

Se dieron la vuelta y salieron cabalgando. A los pocos minutos se escucharon cascos de caballo sobre la hierba y aparecieron el Sr. Belden, Tom Sunday, Cap Rountree y Reed Carney, todos sudorosos e imaginando problemas. Cuando vieron a esos cuatreros alejarse se quedaron sorprendidos.

—Tye, ¿qué querían esos tipos? —preguntó el Sr. Belden.

—Pretendían quitarle parte de la manada.

—¿Qué pasó?

—Decidieron no hacerlo.

Me miró muy serio. Golpeando a Dapple con la rodilla, le di la vuelta y fui hacia la manada.

—¿Qué opinan de todo esto? —escuché decir a Belden—. Juraría que era Back Rand.

—Era él —comentó Rountree secamente—, pero sí que es un muchacho de cuidado.

Cuando Orrin me preguntó esa noche en la hoguera qué había pasado, le dije: —Aiken era uno de ellos. El de Turkey Flat.

Carney estaba escuchando. —¿Aiken? ¿Quién es Aiken?

—Él es de las montañas —contestó Orrin—. Conoce al muchacho.

Reed Carney no dijo más, pero le pillé un par de veces mirándome como si nunca me hubiera visto.

Habría suficientes problemas, pero el hombre nace para creárselos, y cuando llegan es mejor darles la cara y no perder el sueño hasta ese momento. Aunque había más que problemas, porque más allá de las llanuras de hierba alta estaban las montañas, esas montañas altas y solitarias que atravesaría cabalgando un día, y donde un día, si Dios lo permitía, encontraría un hogar.

¿Cuántos senderos? ¿Cuánto polvo y soledad? ¿Cuánto tiempo pasaría hasta entonces?

CAPÍTULO 2

NO HABÍA MÁS que pradera y cielo, el sol de día y las estrellas de noche, y el ganado enfilando al oeste. Aunque viviera hasta los mil años, nunca olvidaré la increíble belleza de esas reses grandes de cuernos largos en los que relucía el sol; la mayoría tenían seis o siete pies de largo. Algunos eran como el viejo mosqueado, el novillo que guiaba la manada, cuya cornamenta medía nueve pies de extremo a extremo, y que era casi siete pies de alto.

Era un mar de cuernos sobre el rojo, castaño, moteado y salpicado de blanco de los lomos de los novillos. Eran grandes, salvajes, feroces, listos para luchar contra cualquier cosa que se les presentara, y nosotros que los guiábamos por el costado o por detrás, los queríamos y los odiábamos, los maldecíamos y los azuzábamos, pero los llevábamos al oeste sin saber a qué destino.

A veces por la noche cuando mi caballo se movía en círculo alrededor de la manada acostada en un macizo, yo miraba las estrellas y pensaba en Mamá y en cómo estarían las cosas en casa. Y algunas veces soñaba ilusionado con esa muchacha que conocería algún día.

Sin darnos cuenta, algo nos había pasado a Orrin y a mí. El mundo se nos había abierto de par en par, y donde antes había estrechos valles y cerros escarpados, y pequeños y agolpados pueblos y villas, ahora había un mundo sin límite. Nuestro mundo, que había consistido en uno de pocos valles entre montañas, ahora era plano y extenso como la propia tierra, y más amplio, porque donde terminaba la tierra empezaba el cielo, con un horizonte sin fin.

No veíamos a nadie. Las llanuras estaban vacías. Antes de nosotros no había pasado ganado, solo búfalos y grupos de indios en son de guerra. No había árboles, sólo el pasto lejano e interminable que susurraba sus propias historias. Por aquí corrían los antílopes, y por la noche los coyotes aullaban sus eternas canciones a las silenciosas estrellas.

Generalmente montábamos solos, pero a veces yo cabalgaba con Tom Sunday o Cap Rountree, y así aprendí a conocer el ganado. Sunday conocía bien las reses, eso sí, pero tenía más educación que el resto, aunque no le gustaba presumir de ello.

A veces mientras cabalgábamos recitaba poesías o me contaba interesantes historias de tiempos pasados, y ésa era materia muy rica. Siempre hablaba de los antiguos griegos, que me recordaban a la gente de la montaña que yo conocía, y me inspiraba a aprender a leer.

Rountree hablaba poco, pero lo que decía tenía sentido. Conocía bien a los búfalos..., aunque siempre había algo nuevo que aprender acerca de ellos. Era un tipo viejo y duro que montaba como el que más, a pesar de su edad. Nunca averigüé cuántos años tenía, pero esa vieja mirada gris y dura tenía que haber visto muchas cosas raras.

—Uno podría ganar dinero —dijo Rountree un día—, por las fallas occidentales de Kansas y Colorado.

Por allí hay muchas vacas sin dueño, que viajaron desde las antiguas colonias españolas hacia el sur.

Cuando Rountree hablaba era porque tenía algo entre manos. En ese momento me imaginé que tramaba algo, pero de momento no se dijo más.

Orrin y yo lo discutimos. Los dos queríamos tener nuestra propia casa y comprar otra para Mamá y los muchachos. Mucho ganado sin dueño... parecía un buen negocio.

—Necesitaríamos un equipo —dijo Orrin.

Tom Sunday seguro que se apuntaría. Por las cosas que dijo de noche mientras íbamos con la manada, sabía que era un hombre ambicioso y que tenía sus propios planes cuando llegara al oeste. Con la educación que tenía, no había duda que llegaría muy lejos. De vez en cuando hablaba de política... En el oeste un hombre podía ser lo que quisiera, y además Tom Sunday era inteligente.

—Orrin y yo —le dije a Rountree—, hemos estado hablando de lo que dijiste. Sobre esas vacas salvajes. Pensamos que nosotros tres y quizás Tom Sunday, si no te importa y él quiere entrar...

—Qué casualidad. Era justo lo que estaba pensando. De hecho, ya hablé con Tom. Le interesa.

El Sr. Belden condujo la manada lejos de la frontera entre Kansas y Missouri, hasta unas verdes praderas con la intención de engordar el ganado para luego venderlo en Abilene; allí había compradores y tratantes de ganado debido al ferrocarril.

———

QUIEN CREYERA QUE Abilene era una ciudad grande se habría decepcionado, pero a Orrin y a mí, que nunca habíamos visto nada más grande que Baxter Springs, nos lo pareció. Abilene era impresionante, aunque se tardara poco en verla de cabo a rabo.

Lo principal era el ferrocarril. Yo había oído hablar del ferrocarril, pero nunca lo había visto. Había poco que ver: dos vías de acero que se perdían en la distancia, sujetas sobre traviesas de troncos de madera. Había unos cuantos corrales y como una docena de casas de troncos de madera. La cantina estaba en una de estas casas, y al otro lado de las vías había un hotel nuevo de tres pisos con un porche que daba a las vías. La gente me había dicho que había edificios así de altos, pero nunca me imaginé que los vería.

También había otro hotel. Se llamaba Bratton, con seis cuartos para alquilar. Al este del hotel había una cantina regentada por un gordo llamado Jones. Había una estación de diligencias... que era de dos pisos..., una herrería y la tienda de la frontera.

En Drovers' Cottage había una cocinera y unos cuartos de alquiler y tres o cuatro compradores de ganado que holgazaneaban por allí.

Agrupamos el ganado en una pradera en las afueras del pueblo y el Sr. Belden cabalgó hasta allí para ver si podía hacer alguna venta, aunque no le gustaba el aspecto de las cosas. Abilene era demasiado nuevo, parecía irreal, y Kansas, hasta ahora, no nos había dado la bienvenida.

Después regresó el Sr. Belden, y ¡vaya! si no había contratado a varios hombres para vigilar la manada para que nos tomáramos la noche libre en el pueblo...

aunque no era gran cosa, como ya dije. Así que nos fuimos.

Orrin y yo cabalgamos junto a las vías. Orrin cantaba con su voz profunda y melodiosa, y cuando llegamos a la altura de Drovers' Cottage vimos a una muchacha sentada en el porche.

Tenía el pelo rubio claro y la piel de una palidez como si nunca hubiera visto el sol, y tenía ojos azules que te hacían pensar que era la cosa más bonita que habías visto en tu vida. Sin embargo, al mirarla de nuevo me recordó a un ruano con cabeza de martillo y un solo ojo azul que habíamos tenido... un caballo rebelde de cabeza estrecha. En esa segunda mirada me convencí de que esa rubia tenía más que una simple semejanza con ese ruano.

Pero cuando ella miró a Orrin comprendí que íbamos a tener problemas, porque nunca vi una mirada tan seductora como la suya.

—Orrin —dije—, si valoras tu independencia, y si quieres encontrar esas tierras en el oeste, no te acerques a ese porche.

—¡Muchacho! —dijo, colocando su mano grande en mi hombro—, ¡mira ese pelo rubio!

—Me recuerda a ese ruano con cabeza de martillo que teníamos. Papá decía que había que juzgar a las mujeres como si fueras un ganadero y ellas caballos; Orrin, recuerda bien eso.

Orrin se rió. —Jovenzuelo, déjame pasar —me dijo—, y observa cómo se hacen las cosas.

Con eso Orrin se fue directo al porche e irguiéndose sobre los estribos dijo: —¡Buenas tardes, señorita! ¡Qué buena tarde! ¿Puedo subir y pasar un rato con usted?

Tal vez necesitaba afeitarse y bañarse como todos nosotros, pero tenía algo que hacía que las mujeres se detuvieran y lo miraran dos veces.

Antes de que ella pudiera contestar, salió un hombre alto. —Joven —dijo molesto—, le agradecería que no molestara a mi hija. Ella no se trata con jornaleros.

Orrin sonrió de oreja a oreja. —Lo siento, señor, no quise ofender a nadie. Pasaba por aquí, y una belleza así, señor, merece un piropo.

Entonces sonrió a la muchacha, giró su caballo y nos fuimos hacia la cantina.

La cantina no era gran cosa, pero nos conformábamos con poco. Tenía una barra de diez pies, serrín en el suelo y media docena de botellas detrás de la barra. Había un barril de güisqui malo y fuerte. Cualquier campesino de nuestro pueblo hacía mejor güisqui con agua de río y maíz, pero pedimos unos tragos y después Orrin y yo salimos por detrás buscando los barriles.

En aquellos tiempos, los barriles eran el único lugar donde uno se podía bañar. Te desnudabas, te metías en el barril y alguien te echaba agua por encima, y después de enjabonarte y lavarte lo mejor que podías te echaban más agua para aclararte, y eso era todo.

—Tengan cuidado —advirtió el encargado de la taberna—, ayer un tipo tuvo que disparar a una cascabel dentro del barril.

Orrin se bañó en un barril y Tom Sunday en otro mientras yo me afeitaba enfrente de un pedazo de espejo roto clavado en la pared trasera de la taberna. Cuando terminaron de bañarse, me desnudé y me metí en el barril y Orrin y Tom se marcharon. Cuando me estaba enjabonando, Reed Carney salió de la taberna.

Aunque tenía la pistola cerca, se me había caído la camisa encima y no había forma de agarrarla rápidamente.

Pues bien, allí estaba yo, desnudo como un arrendajo, de pie dentro de un barril medio lleno de agua, y ahí estaba también el pendenciero de Reed Carney con dos o tres tragos en el cuerpo y mucho rencor bajo el sombrero.

Era mi turno, pero tenía que hacerlo bien, en el momento adecuado, y tratar de alcanzar ese revólver sería un paso equivocado. De algún modo tenía que salir del barril y allí estaba yo con jabón por todas partes, en el pelo, en la cara y chorreándome por los ojos.

El agua de enjuagar estaba en un cubo cerca del barril y como el que no quiere, lo alcancé y me eché el agua por encima para quitarme el jabón.

—Orrin —dijo Carney, sonriéndome—, se fue al hotel y no tienes por qué estar en apuros porque él no esté aquí para echarte una mano.

—Orrin se ocupa de sus negocios y yo de los míos.

Caminó un poco y se colocó a tres o cuatro pies del barril. Tenía algo en su mirada que no había visto antes. Entonces comprendí que quería matarme.

—Eso me preguntaba. Tengo curiosidad por ver si eres capaz de ocuparte de tus propios asuntos sin tener al grandote de tu hermano al lado para ayudarte.

El cubo todavía tenía agua y lo levanté para echármelo por encima.

Tenía una mirada malévola y los ojos húmedos y se

acercó un paso más. —No me caes bien —dijo—, y yo... —Su mano se aproximó al revólver y yo le lancé el resto del agua y el cubo.

Él dio un salto atrás y yo me abalancé y me caí fuera del barril mientras él pestañeaba entre el agua jabonosa intentado agarrar el revólver. Estaba desenfundando la pistola cuando el borde del cubo le golpeó el cráneo. Luego yo sentí el silbido de una bala pasarme por la oreja. Pero el cubo era de roble pesado y lo tumbó.

Dentro de la taberna se escuchó un ruido de botas. Recogí la toalla de saco de harina y empecé a secarme, con mi revólver a mano, al que había sacado debajo de la camisa. Si algún amigo de Carney venía a buscarme, estaba listo para encontrármelo.

El primer hombre que salió era alto, rubio, de cara estrecha y dura, con la sonrisa torcida por una vieja cicatriz. Llevaba el revolver amarrado pierna abajo, como lo hacían algunos pistoleros finos. Cap Rountree estaba justo detrás de él y en seguida se colocó a un lado empuñando su pistola. Tom Sunday fue al otro lado. Otros dos tipos se colocaron a los costados del hombre con la cicatriz en el labio.

—¿Qué pasó?

—Carney —dije— mordió más de lo que podía masticar.

El vaquero rubio estaba listo para pelear y se disponía a hacerlo cuando habló Cap Rountree. —Tye, nos imaginamos que estarías en apuros —lo dijo con esa voz vieja, seca y dura—, así que Tom y yo salimos para asegurarnos que los bandos estuvieran igualados.

Se podía sentir el cambio en el aire. El rubio de

la cicatriz —más tarde averigüé que se llamaba Fetterson— no le gustaba nada la situación. Yo estaba justo delante de él, pero él y sus dos socios estaban rodeados por Tom Sunday y Cap Rountree.

Fetterson miró de un lado al otro y se podía ver cómo se le bajaron los humos. Había cruzado la puerta envalentonado y dispuesto a morder el polvo, pero de repente se quedó tan inmóvil que me preocupó.

—Más vale que te metas en un agujero antes de que recobre el conocimiento —dijo Fetterson—. Te arrancará el pellejo.

Para entonces yo tenía puestos los pantalones y me estaba metiendo las botas. Créanme, no me gusta enfrentarme al peligro sin pantalones ni botas.

Así que me coloqué el cinturón y me ajusté la pistolera. —Dígale que recoja su paga y se largue lejos de aquí. No estoy buscando problemas, pero me están buscando las vueltas.

Nosotros tres cruzamos hasta Drovers' Cottage para comer, y lo primero que vimos fue a Orrin sentado con la rubia, que lo miraba embelesada. Pero eso era lo de menos. Su padre estaba allí mismo escuchándolo... Orrin y esa boquita galesa suya. Podía convencer hasta a una ardilla de que se bajara de un árbol de nogal... Nunca vi cosa igual.

Los tres almorzamos bien y hablamos sin parar del oeste, del ganado salvaje y de cuanto podíamos ganar si evitábamos que los comanches, kiowas o utes nos arrancaran la cabellera.

Nos parecía extraño estar sentados en una mesa. Estábamos acostumbrados a comer en el suelo y nos sentíamos raros en una mesa con mantel blanco. En las praderas un hombre comía con su cuchillo de caza y se comía lo que podía agarrar con un pedazo de pan.

Esa noche el Sr. Belden nos pagó en la oficina del hotel. Uno a uno nos acercamos para recibir el dinero. Hay que recordar que ni Orrin ni yo habíamos tenido nunca en la vida veinticinco dólares en efectivo. En las montañas se vive del trueque, y la ropa se hace en casa.

Nuestro sueldo era veinticinco dólares al mes y Orrin y yo íbamos a cobrar dos meses y parte de un tercero.

Pero cuando me tocó el turno, el Sr. Belden soltó la pluma y se recostó en la silla.

—Tye —dijo—, aquí tienen a un preso detenido hasta que llegue el alguacil de Estados Unidos por él. Lo trajeron esta mañana. Se llama Aiken, y cabalgaba con Back Rand el día que los encontraste en la pradera.

—Sí, señor.

—Hablé con Aiken, y me dijo que si no hubiera sido por ti, Back Rand me habría robado la manada... o lo hubiera intentado. Por lo que me dijo, parece que salvaste mi manada o evitaste una pelea y una estampida que estoy seguro me hubiera hecho perder el ganado. Parece que Aiken conoce a los Sackett y le contó lo suficiente a Rand para que no te retara. Tye, no soy un desagradecido, de modo que te voy a dar doscientos dólares más.

Doscientos dólares era mucho dinero en esa época, y encima en efectivo.

Cuando salimos al porche de Drovers' Cottage,

aparecieron tres carruajes en el sendero, seguidos de tres más. Los primeros tres eran ambulancias del ejército rodeadas por una docena de mexicanos con trajes de cuero y sombreros anchos mexicanos. Había otra docena a caballo alrededor de los tres vagones de carga que seguían; nunca habíamos visto nada igual.

Llevaban chaquetas cortas, sólo hasta la cintura, y los pantalones se ensanchaban en los tobillos y se ajustaban como un guante a las piernas. Sus espuelas parecían ruedas de molino, y todos llevaban rifles y pistolas relucientes y nuevas. Vestían fajas de seda de colores como usaban algunos vaqueros tejanos, y estaban acicalados como si fueran de fiesta.

¿Los caballos? ¡Dios, qué caballos! Todos con patas diestras y rápidas, y presumiendo de limpios y bien preparados. Los hombres del destacamento cabalgaban erguidos, y si alguna vez vi una banda de luchadores natos, eran éstos.

El primer carruaje se acercó a Drovers' Cottage y un viejo alto y refinado con pelo y bigotes blancos se apeó del carruaje, y luego ayudó a bajar a una muchacha. No podría decir qué edad tenía, como no reconozco la edad de las mujeres, pero diría que unos quince o dieciséis años, y era la muchacha más bonita que había visto en mi vida.

Papá nos había hablado de estos caballeros de ascendencia española y las señoritas que vivían por Santa Fe, y esta gente iba en esa dirección.

En ese momento se me ocurrió una idea. En territorio indio cuantos más rifles, mejor, y esta banda tenía al menos cuarenta. Ningún indio iba a atacar este grupo para apoderarse del poco botín que prometían esos carruajes. Nosotros cuatro reforzaríamos el grupo, y llegaríamos sin problemas a nuestro destino.

Sin decir nada a Sunday ni a Rountree, entré en el comedor. La comida que servían era excelente. Situado como estaba cerca de las vías del tren, conseguían lo que querían y Drovers' Cottage era el sitio donde comían los ganaderos y los negociantes de ganado con dinero. Años más tarde, gente del este me dijo que las mejores comidas de su vida las había degustado en estos hoteles del oeste... y también algunas de las peores.

El caballero estaba sentado en una mesa con la chica, pero en seguida me di cuenta de que no era el escenario apropiado para buscar problemas. Había jinetes vestidos de cuero en las mesas de alrededor, y cuando me acerqué un poco al caballero, cuatro de ellos se levantaron como si tuvieran un resorte en los pantalones, y se pusieron de pie como esperando una señal.

—Señor —dije—, por el aspecto de su comitiva me imagino que se dirigen a Santa Fe. Mis compañeros y yo... somos cuatro... vamos hacia el oeste. Si pudiéramos acompañarles añadiríamos cuatro rifles a su destacamento y sería más seguro para nosotros.

Me miró fríamente y con la cara inmóvil. Tenía bigote blanco, la tez dorada y los ojos castaños y firmes. Empezó a hablar, pero la muchacha le interrumpió explicándole algo, aunque no había duda sobre su respuesta.

Ella se dirigió a mí. —Lo siento, señor, pero mi abuelo dice que es imposible.

—Yo también lo siento —añadí—, pero si quiere referencias puede preguntarle allí al Sr. Belden...

Ella tradujo, y el viejo miró a través del cuarto al Sr. Belden. Hubo un instante en que pensé que podía cambiar de opinión, pero negó con la cabeza.

—Lo siento. —Parecía que lo sentía de veras—. Mi abuelo es un hombre muy positivo. Pero nos advirtieron que algunos de ustedes podrían atacarnos —añadió tras unos instantes de duda.

Hice una reverencia... algo torpe; era la primera que hacía en mi vida, pero me parecía lo adecuado.

—Me llamo Tyrel Sackett, y si podemos servirles en algo, mis amigos y yo estamos a su disposición. —Sentí lo que dije, aunque esa frase la había leído en un libro hacía tiempo y me había impresionado—. Quiero decir, que cuenten conmigo si están en apuros.

Ella me dirigió una bella sonrisa, y me volví de la mesa con la cabeza que me daba tantas vueltas como si alguien me hubiera golpeado con una bola.

Orrin había entrado, y estaba sentado en la mesa con la rubia y su padre, pero por la manera que me miraron, parecía que había robado un gallinero.

Al bajar los peldaños de salida eché un vistazo al carruaje donde viajaba la muchacha. Nunca había visto algo igual. Cómodo y precioso, muy bien decorado como un pequeño cuarto para ella. El otro carruaje era del viejo, y después me enteré que el tercero era de carga, alimentos de primera, rifles, munición y ropa. Los tres carruajes de carga estaban llenos de suministros para su rancho en Nuevo México.

Orrin me siguió hasta fuera. —¿Cómo conociste a don Luis?

—¿Así se llama? Me acerqué para hablar con él.

—Pritts me dijo que sus vecinos no lo aprecian.

—Orrin bajó la voz—. Tyrel, de hecho, están reuniendo un equipo para expulsarlos.

—¿Ese Pritts es el tipo con el que hablabas?

—Jonathan Pritts y su hija Laura. Gente muy poderosa de Nueva Inglaterra. Él es constructor de pueblos. A ella no le apetecía viajar al oeste y dejar su casa y sus amigos, pero su padre sintió que era su deber venir al oeste y abrir el país a las personas apropiadas.

Nada de esto me sonaba bien, ni tampoco me sonaba a Orrin. Recordando cómo me zumbaba la cabeza pensando en la española, me imaginé que él debía sentir lo mismo por la rubia de cara estrecha.

—Orrin, me parece que la gente no abandona su casa a menos que vaya a ganar algo. Nosotros vamos al oeste porque no podemos ganarnos la vida en una granja en la ladera de una colina. Me imagino que la situación de Jonathan Pritts será parecida.

Orrin se sorprendió. —No. Nada de eso. Él es un hombre importante de donde viene. Si se hubiera quedado, ahora estaría presentando su candidatura al Senado.

—Me parece —dije— que alguien te ha contado muchos rollos sobre sus grandes amigos y casas. Si él logra construir algo no será por la bondad de su corazón, sino por el dinero.

—Tyrel, no entiendes. Para que te enteres, éstas son personas finas. Deberías conocerles.

—Tendremos poco tiempo para conocer a nadie cuando estemos juntando ganado en el oeste.

Orrin parecía incómodo. —El Sr. Pritts me ha ofrecido ocuparme de su negocio. Proyecta varias urbanizaciones y cosas de ese estilo; hay muchas concesiones españolas antiguas que se abrirán a la colonización.

—¿Tiene hombres?

—Una docena, después algunos más. Conocí a uno de ellos, Fetterson.

—¿El que tiene la cicatriz en el labio?

—¡Efectivamente! —Orrin me miraba curioso—. ¿Lo conoces?

Fue entonces cuando le conté a Orrin el lío detrás de la taberna cuando golpeé a Reed Carney con el cubo.

—Pues, si es así —murmuró Orrin—, rechazaré el trabajo. Y además le contaré al Sr. Pritts lo de Fetterson. —Hizo una pausa—. Aunque no quisiera perder de vista a Laura.

—¿Desde cuándo te dedicas a perseguir chicas? Siempre pensé que eran ellas las que iban detrás de ti.

—Laura es distinta... Nunca conocí a una chica de la ciudad, y además es muy guapa. Tiene buenos modales y esas cosas. —En aquel momento pensé que lo mejor que le podía pasar era no volverlos a ver... esos buenos modales y modas de la ciudad le habían revuelto la cabeza a Orrin.

Otra cosa. Jonathan Pritts decía que esas concesiones españolas se abrirían a la colonización. ¿Y qué pasaría con los españoles propietarios de las concesiones?, me pregunté.

Juzgando los jinetes del caballero español, imaginé que ninguna banda de secuaces de la calaña de Fetterson tendría mucho éxito al intentar apropiarse de las tierras del caballero. Pero ese no era nuestro problema. A partir de mañana éramos cazadores de ganado salvaje.

Además, Orrin tenía seis años más que yo, y tenía

éxito con las chicas, que a mí no me hacían ningún caso, así que no tenía derecho a decirle nada.

Laura Pritts era guapa... no se podía negar. No obstante, no me podía sacar ese maldito ruano con cabeza de martillo de la mente, pues se parecían de verdad.

Orrin regresó a la cabaña y yo caminé por la acera de la calle. Algunos jinetes del caballero español holgazaneaban al lado de sus carruajes. Reinaba el silencio.

Rountree me advirtió desde la calle. —Tye, ten cuidado.

Giré la cabeza y miré alrededor.

Reed Carney se aproximaba calle arriba.

CAPÍTULO 3

DONDE NOS CRIAMOS, Orrin era el hermano favorito, aunque nunca le tuve resentimiento por eso. No es que la gente me detestara o que yo fuera malo, pero me evitaban, y estoy seguro de que era por mi culpa. Yo era un poco distante. Me gustaba la gente, pero prefería a los animales salvajes, los senderos solitarios y las montañas.

En una ocasión mi padre me dijo: —Tyrel, eres diferente, pero nunca te arrepientas de ello. La gente no te querrá mucho, pero los amigos que hagas serán para toda la vida y darán la cara por ti.

En aquel entonces pensé que él estaba equivocado. Nunca me sentí distinto a los demás, pero cuando vi a Reed Carney aproximarse por la calle, y sabiendo que venía a matarme, algo me nació que nunca había sentido, incluso cuando Higgins el Alto vino por Orrin.

Lo que me surgió fue una fuerza feroz y terrible que me estrangulaba, y de repente se me pasó y me quedé inerme por dentro. Los minutos transcurrieron lentamente, y todo parecía nítido y definido. Todos mis sentidos y emociones se centraban en ese hombre que venía calle arriba.

No venía solo.

Fetterson lo acompañaba, y los otros dos que

habían salido de la taberna cuando le tiré el cubo a Carney estaban detrás de él a los lados.

Orrin estaba dentro, y fuera sólo quedaba ese viejo delgado y antipático con mirada de lobo. Él sabía la que se avecinaba y nadie tenía que explicarle lo que había que hacer... ni a mí tampoco. De repente me invadió una extraña sensación de tristeza y fatalidad, y comprendí que este era mi destino.

Algunos hombres tienen dotes para pintar, otros para escribir y otros para mandar. Lo mío era esto, no matar hombres, aunque en los años venideros mataría a alguno más de lo que me hubiera gustado, pero para controlar este tipo de situaciones.

Reed subía por la calle y él pensaba en qué diría la gente cuando se hablara de esta refriega en los campos de vaqueros y alrededor de las carretas de provisiones. Pensaba en cómo contarían que se dirigía por la calle para matar a Tyrel Sackett.

Yo no pensaba en nada. Estaba allí de pie. Me conocía y sabía que había cosas inevitables.

A mi derecha se cerró una puerta, y sabía que don Luis había salido al porche. Tal era el silencio que hasta escuché el raspanazo del fósforo cuando encendió su puro.

Cuando Reed empezó a caminar hacia mí estaba a más de cien yardas, pero cuando había recorrido la mitad de esta distancia, salí a su encuentro.

Él se detuvo.

Parecía sorprendido de que saliera a su encuentro. Pensaría que él era el cazador y que yo intentaría evitar un tiroteo. Parecía como si algo especial hubiera pasado mientras recorría esas cincuenta yardas. Y es que cincuenta yardas pueden parecer toda una vida.

De repente entendí que no tenía que matarlo. Tal vez en ese momento es cuando me convertí en un hombre de verdad. Había empezado a aprender cosas sobre mí mismo y sobre los tiroteos y los pistoleros. Entender cómo actúa un hombre es lo más importante, incluso más que desenfundar rápido o disparar recto. Algunos de los que desenfundaban más rápido eran los primeros en morir. Desenfundar rápido no significaba absolutamente nada.

Lo primero que estaba aprendiendo era que a veces tenías que matar y que otras no era imprescindible hacerlo.

Reed Carney quería un tiroteo y quería ganar, pero yo era un contrincante mejor que la media.

Contemplando a Reed subir por la calle, comprendí que no necesitaba ni la pistola. De repente vi que Reed Carney tenía pies de plomo. Se creía un hombre duro y un pistolero, pero era un pusilánime. El problema de tener fama de duro es que siempre llega el momento de demostrarlo. Y eso es otra cosa.

Un tiroteo no es ni apasionante ni estremecedor. Es algo frío e intenso para ambas partes. Uno u otro morirá o acabará malherido, o quizás los dos.

Algunos se arriesgan porque piensan que son especiales y que algo los protegerá. Creen que el otro será el que morirá.

Pero no es así. Cualquiera puede morir. Puedes esfumarte como si nunca hubieras existido. Después del entierro los únicos que se acordarán de ti serán tu mujer o tu madre. Si metes un dedo al agua y lo sacas, ese es el vacío que dejas cuando te vas.

Reed Carney se creía peligroso y se había convencido que tenía que pelear.

Quizás fue algo en su caminar o en su aspecto o en que se paró en cuanto empecé a acercarme a él. Quizás era algo que había sentido y no visto, algo dentro de mí que me diferenciaba de los demás. Pero cuando él había caminado diez pasos hacia mí, comprendí que se le había acabado la lucha y que intuía que le dispararía a matar.

El pánico puede afectar a cualquiera. Uno nunca sabe. Puedes engañar a alguien, pero si de repente le sale la rabia, estás ante una pelea de armas tomar.

Los otros esperarían a Reed, pero se los dejaba a Cap. Reed era mi problema, y sabía que me quería matar. Mejor dicho, quería que se supiera que me había matado.

Cuando me acerqué a Reed, sabía que él sabía que tenía que desenfundar. Y lo iba a hacer, pero se quedó petrificado. Entonces comprendió que si no desenfundaba, sería demasiado tarde.

Aunque esa tarde no hacía calor, el sudor le chorreaba por las mejillas. Yo seguí caminando hacia él, cercándolo. Él dio un paso atrás y abrió la boca como si se ahogara. Sabía que si no desenfundaba no volvería a ser el mismo.

Cuando me detuve lo tenía a un brazo de distancia y él jadeaba como si hubiera subido una cuesta.

—Reed, te mataría —le dije.

Era la primera vez que lo llamaba por su nombre, y sus ojos me miraron sobresaltados, como si fuera un chiquillo.

—Reed, te crees un matón, pero nunca vencerás con la pistola. No tienes madera para ello. Si hubieras intentado agarrar el revólver estarías muerto... frío y muerto en el polvo recordando el dolor indescriptible de una bala en el vientre. Reed, ahora baja la mano con mucho cuidado, desabróchate la pistolera y déjala caer. Después date la vuelta y aléjate.

Todo estaba inmóvil. Una ráfaga de viento levantó el polvo. En el porche de Drovers' Cottage una tabla crujió cuando alguien cambió de posición. En la pradera una alondra cantó.

—¡Desabróchate el cinturón!

Sus ojos grandes y abiertos se clavaron en los míos. El sudor le caía por las mejillas a borbotones. Se humedeció los labios con la lengua y sus dedos alcanzaron la hebilla del cinturón. Cuando lo dejó caer se escuchó un suspiro, y durante un segundo todo parecía colgar de un hilo. Hubo un momento cuando él podía haber intentado agarrar el revólver, pero mis ojos lo vigilaban y dejó caer la pistolera.

—Si fuera tú, me montaría en el bronco y me largaría deprisa lejos de aquí. Tienes mucho país para escoger.

Retrocedió, dio la vuelta y comenzó a alejarse, y cuando comprendió lo que había hecho, se puso a caminar más y más rápido. Se tropezó, recobró el equilibrio y siguió caminando.

En seguida recogí el cinturón con mi mano izquierda y di la vuelta dirigiéndome hacia Drovers' Cottage.

Todos estaban en el porche. Orrin, Laura Pritts y su padre, don Luis... e incluso su nieta.

Fetterson estaba allí parado con cara de pocos amigos. Había venido buscando bronca, y tuvo que dominarse. No iba a encararse a Cap Rountree sólo para divertirse... nadie quería pelear con ese viejo lobo. Pero tenía una mirada gris metálica que asustaría a un muerto.

—Os invito a unos tragos —ofrecí.

—Prefiero un café —contestó Cap.

Yo tenía los ojos clavados en Fetterson. —Eso también va por ti —dije.

Él empezó a mascullar no sé qué, pero añadió: —¿Por qué no? Eso es tener agallas, señor.

Don Luis se sacó el puro de la boca y sacudió la larga ceniza que se había acumulado en los momentos recién pasados. Me miró y habló en español.

—Dice que si queremos podemos viajar con él al oeste —tradujo Cap—, y que eres valiente... y lo que es más importante, inteligente.

—Gracias —dije; era la única palabra en español que conocía.

———

EN 1867, EL Santa Fe Trail era un antiguo sendero, con surcos profundos marcados por el rodar de los carros pesados que llevaban carga desde Independence, Missouri. No era un verdadero camino, sino un espacio ancho marcado por los numerosos surcos del paso de las carretas que utilizaban ese camino desde hacía casi cincuenta años. Cap Rountree dijo que había sido uno de los primeros en pasar por allí ya en 1836.

Orrin y yo estábamos deseando ver tierra nueva y anhelábamos ver montañas en el horizonte. Teníamos que buscar una finca para Mamá, y con suerte en el oeste, podíamos empezar a buscar alguna.

En casa quedaban dos hermanos más jóvenes y uno mayor al que hacía tiempo que no veíamos. Tell, el mayor de nuestros hermanos que vivían todavía, estaría a punto de regresar a casa de la guerra. Cuando comenzó la Guerra entre los Estados se enlistó y luego se quedó para luchar contra los sioux y los dakotas.

Cabalgábamos hacia el oeste. Por la noche acampábamos juntos y disfrutábamos alrededor del fuego escuchando cantar a los españoles, algo que hacían mucho.

Entretanto yo escuchaba los cuentos de Rountree. Ese viejo había aprendido gran cantidad de cosas en su vida, y aprendió mucho cuando vivía con los sioux y con los nez perce. Primero me enseñó a pronunciar bien ese nombre: *ne-persey*. Me explicó sus costumbres, cómo vivían y mucho sobre esos magníficos caballos que criaban, los Appaloosas.

Tuve que tirar mi ropa y comprarle un traje a un español, por lo tanto iba vestido como ellos, con un traje de ante con flecos. Hacía tres meses que me había ido de casa y había aumentado quince libras de puro músculo. Me hubiera gustado que mi madre me viera así. Lo único que seguía igual era mi revólver.

Los primeros días no vi rastro del caballero o de su nieta, excepto cuando cacé un antílope de un tiro a unas trescientas yardas. El caballero lo presenció y lo comentó con los demás.

A veces su nieta cabalgaba al lado de las carretas, y un día cuando llevábamos fuera una semana, se acercó a medio galope al cerro desde donde yo oteaba el horizonte.

En estos territorios no podía darse nada por seguro. Desde la cima de una colina, esa tierra era una pradera abierta hasta donde alcanzaba la vista.

Había media docena de zanjas o valles poco profundos y también podía haber un cañón o una hondonada, y cualquiera de ellos podía estar lleno de indios.

Cuando llegó la española, yo estaba estudiando el terreno. Tenía unos ojos bellísimos, grandes y oscuros con pestañas largas, y era lo más bello que había visto en mi vida.

—Señor Sackett, ¿le importa si le acompaño?

—Claro que no, pero ¿qué opinará don Luis? No creo que le guste que su nieta monte con un vagabundo de Tennessee.

—Me dijo que podía acompañarle, pero que se lo preguntara. Me dijo que si fuera peligroso no me dejaría montar con usted.

En la colina donde nos sentamos soplaba una brisa fresca, pero no había polvo. El tren de carros y caballos quedaba lejos, a media milla al sudeste. El castellano que aprendí lo empecé a practicar ese día con ella.

—¿Van a Santa Fe?

—No, señorita, vamos al Purgatoire a juntar vacas salvajes.

Se llamaba Drusilla, y su abuela era irlandesa. Los vaqueros no eran mexicanos, sino vascos, y tal como me había imaginado, habían sido escogidos porque sabían pelear. Siempre que cabalgábamos juntos, nos acompañaba un vaquero por si teníamos algún contratiempo.

A partir de ese primer día Drusilla montaba a menudo conmigo, y noté que los vaqueros vigilaban el recorrido con el mismo cuidado con el que buscaban indios, y a veces cinco o seis de ellos daban la vuelta y regresaban por el camino que habíamos traído.

—El abuelo cree que pueden seguirnos y atacarnos. Se lo han advertido.

Eso me hizo recordar lo que Jonathan Pritts le había dicho a Orrin, y sin saber si tenía importancia o no, le dije a Drusilla que se lo dijera al don. A mí me parecía que la tierra que se había entregado a una familia hacía tiempo les pertenecía, y ningún recién llegado como Pritts tenía derecho a arrebatársela e instalarse allí.

Al día siguiente me dio las gracias en nombre de su abuelo. Jonathan Pritts había estado en Santa Fe antes, y a través de algunos políticos quería que se revocaran las concesiones y que los terrenos se clasificaran como urbanizables.

Rountree estaba inquieto. —A estas horas ya deberíamos haber encontrado a los indios. Mantén esas cabalgatas más cerca, Tye, ¿me oyes?

Cabalgó unos minutos, y luego dijo: —La gente del este no para de hablar del noble piel roja. Son grandes luchadores, eso no lo niego, pero no hay ningún indio, a menos que sea un nez perce, que no montaría cientos de millas para luchar. La gente habla de la apropiación indebida de la tierra de los indios, pero ningún indio jamás *poseyó* tierras. Cazaban por todo el país y peleaban con otros indios por tener ese derecho.

—Yo luché contra los indios y viví con los indios. Si llegas a un poblado indio por tu propia voluntad, te darán de comer y te podrás quedar cuanto quieras... así son. Pero el mismo indio que te dejó dormir en su tipi puede rastrearte cuando te marchas y matarte —aclaró Rountree.

—No se crían como el hombre blanco. No les

enseñan eso de la misericordia, la bondad, esas cosas como a nosotros cuando somos jóvenes. Nosotros lo practicamos aunque muchos no sean religiosos. El indio no es leal a nadie menos a su propia tribu... y cualquier extraño puede ser un enemigo. Si luchas contra uno de ellos y le das una buena paliza, después puedes arreglarte con él. Les gusta tratar con tipos valientes, pero al que no sabe defenderse, pues, no lo respetan; lo matan y se olvidan de él.

Alrededor de las hogueras se charlaba y se reía mucho por la noche. Orrin nos deleitaba con sus viejas canciones galesas e irlandesas. De Papá había aprendido algunas canciones españolas, y cuando las cantaba, ¡tendrían que haber oído gritar a los españoles! Y desde las colinas lejanas los coyotes contestaban.

El viejo Rountree siempre buscaba un lugar apartado de las llamas y se quedaba mirando la oscuridad en silencio. El hombre que mira fijamente al fuego se queda ciego cuando mira la oscuridad, y no disparará derecho... Papá nos había explicado eso, allá en Tennessee.

Éste era territorio indio y había que entender que el prestigio del indio en la tribu dependía de cuántos golpes hubiera asestado a un enemigo vivo, o de haber sido el primero en golpear a un hombre caído... Eso lo consideraban audacia, porque el hombre podía estar fingiendo.

Un indio que fuera buen ladrón de caballos podía elegir entre las muchachas de la tribu. Principalmente porque el matrimonio dependía del trueque, y un indio podía tener todas las esposas que pudiera permitirse el lujo de comprar... Aunque lo más común era una, podían llegar a ser hasta dos o tres.

Orrin no había logrado olvidar a esa muchacha Laura. Y estaba disgustado conmigo por habérmelo llevado cuando estaba por decidirse a trabajar para Pritts.

—Paga un buen sueldo —dijo Orrin una noche.

—Sueldo de luchadores —dije.

—Tyrel, puede ser —dijo Orrin poco amigable— que le tienes mala voluntad al Sr. Pritts y a Laura.

Tranquilo, muchacho, me dije, estás entrando en terreno peligroso. —No los conozco. Sólo sé lo que me has dicho, que quiere apropiarse de unas tierras que no le pertenecen.

Orrin empezó a hablar, pero Tom Sunday se levantó. —Es hora de acostarse —dijo abruptamente—. Mañana hay que madrugar.

Los dos nos acostamos, pero ambos con ganas de decirnos cosas que era mejor no mencionar.

Estábamos resentidos. Tenía razón. Pritts y su hija no me caían bien. Ella no me convencía, y siempre sospeché de los hombres santurrones del tipo de Jonathan Pritts.

La manera como miraba despreciativo por debajo de su fina nariz de Nueva Inglaterra no auguraba nada bueno para los que no estaban de acuerdo con él. Y como le había dicho a Orrin tiempo atrás, si Pritts tenía tanto en casa, ¿qué estaba haciendo tan lejos de allí?

Llenamos nuestras cantimploras al alba sin saber si encontraríamos agua más adelante. Un viento caluroso azotó el pasto. En Mud Creek había suficiente agua para los caballos, pero cuando nos fuimos lo dejamos seco. Quedaban siete millas hasta los Water Holes, y si no encontrábamos agua allí tendríamos que viajar secos hasta el Little Arkansas.

El sol abrasaba. El polvo escapaba de los cascos de los caballos y de las mulas, y todos nosotros íbamos dejando un rastro de polvo en el aire. Si había indios alrededor, nos verían.

—Un hombre tendría que esforzarse para escupir en este lugar —comentó Tom Sunday—. Cap, ¿cómo es el territorio al que nos dirigimos?

—Peor... a menos que conozcas bien el camino. Lo único bueno es que hasta allí sólo llegan los comanches. Y el agua que haya será toda para nosotros.

Drusilla montaba conmigo todos los días. Y cada día la esperaba con más expectación. A veces sólo paseábamos juntos por media hora, a lo sumo una hora, pero esperaba ansioso su llegada y temía el momento de su partida.

Allá en las montañas había conocido pocas chicas. Era tímido y no me quería meter en una situación de la que no pudiera luego salir... y ahora me daba la impresión de que me estaba prendando de Drusilla.

Ella no tenía ni dieciséis años, pero las muchachas españolas se casan así de jóvenes y más, y de donde yo procedía también. Yo sólo tenía un caballo moteado, algunas mulas compartidas, mi Spencer viejo y una pistola Colt. No era mucho.

Entretanto, estaba familiarizándome con los vaqueros. Nunca había conocido a nadie que no fuera un americano de tomo y lomo, y allá en las colinas desconfiábamos de los extranjeros. Cabalgando con ellos, descubrí que eran buena gente, hombres buenos y asentados.

Miguel era un hombre delgado y tieso que era el mejor jinete que conocí en mi vida, y tenía quizás un par de años más que yo. Era guapo con buena disposición, y como yo, siempre listo para cualquier aventura.

Juan Torres era el jefe de la banda, un hombre compacto de cuarenta y tres o cuarenta y cuatro años, que rara vez sonreía pero que siempre era amable. Tenía la mejor puntería que había visto en mi vida... y llevaba trabajando para don Luis Alvarado desde que era un muchacho, y lo reverenciaba.

También estaba Pete Romero, y un chico delgado y pendenciero llamado Antonio Baca... el único que no tenía sangre vasca. Me parecía que se creía mejor que Torres, y había algo más que pensé era sólo mi imaginación hasta que Cap lo mencionó.

—¿No notaste como te mira el jovenzuelo Baca cuando montas con la señorita?

—Parece que no le gusta. Lo noté.

—Ten cuidado. Ese muchacho me da mala espina.

Aunque eso fue todo lo que me dijo Cap, me apliqué el cuento. Había escuchado que estos españoles eran muy celosos, aunque ninguna muchacha me iba a tomar en serio con tipos como Orrin y Tom Sunday alrededor.

A veces no hay forma de entender de dónde vienen las ideas que los hombres se forman, y me parece que los peores problemas entre los hombres no provienen del dinero, de los caballos o de las mujeres, sino de las ideas. Un hombre le toma aversión a otro sin motivo alguno, y entonces algo, un caballo o una mujer o un trago los sacan de sus casillas y se ponen a disparar, a acuchillarse o a liarse a golpes.

Como Reed Carney. Por una simple noción. Y podría haberle costado la vida.

En el Little Arkansas acampamos donde un pequeño

manantial surtía a un riachuelo y corría río abajo. Era agua buena, aunque un poco turbia.

Después de fijar la guardia nocturna me escapé del campamento con un rifle y una cantimplora y bajé al Little Arkansas. Aunque estaba oscureciendo, todavía se podía ver. Bajando por la ribera del río, que tenía más arena que agua..., me quedé parado escuchando.

Un hombre debe confiar en sus sentidos, y éstos se desarrollan usándolos. Nunca daba por hecho que el territorio fuera seguro. No sólo escuchaba y miraba mientras caminaba sino que olfateaba el aire para distinguir los olores. En medio de la pradera donde el aire está fresco uno huele mejor que cuando está rodeado de gente, y en poco tiempo puedes distinguir el olor de un indio, un hombre blanco, un caballo o incluso un oso.

En la distancia se veían relámpagos causados por el calor, y en la lejanía se escuchaba el estruendo de truenos.

Esperando en silencio después del trueno, una piedra rodó al río y una columna de jinetes surgió de los arbustos bajando por la ladera del río.

Podría haber una docena, o incluso veinte, y aunque no podía verlos, podía distinguir las rayas blancas que tenían en la cara, que significaban que venían en son de guerra.

Cruzaron el arroyo a sesenta o setenta pies de donde yo estaba y cabalgaron por la pradera. No estarían cabalgando tan tarde a menos que estuvieran cerca de su campamento, y eso significaba más indios y posiblemente problemas.

Cuando se marcharon regresé al campamento y

busqué a Cap Rountree. Juntos hablamos con Torres e hicimos planes.

Al amanecer, y siguiendo la recomendación de Torres, Drusilla se quedó con los carros. Nosotros avanzamos lentamente, intentando no hacer mucho polvo.

Todo estaba seco... la hierba estaba castaña, reseca, parcheada y caliente bajo el sol, y cuando alcanzamos Owl Creek lo encontramos seco. Los Little y Big Cow Creeks también estaban secos.

Estábamos a veinte millas de donde habíamos acampado la noche anterior y no había señal de agua, y quedaban otras veinte hasta llegar al Bend del Arkansas.

—Encontraremos agua —dijo Rountree con voz ronca—, en el Arkansas siempre hay agua.

A esas alturas yo no estaba seguro de que quedara agua en Kansas. Nos tomamos un respiro en Big Cow Creek y con mi pañuelo refresqué la boca de Dapple un par de veces. Yo tenía los labios agrietados, e incluso Dapple parecía haber perdido su impulso. El calor, la aridez, la falta de agua, eran suficientes para extenuar hasta a un camello.

El polvo se levantaba de la hierba seca... y había huesos del búfalo blanqueados por el sol. Dejamos atrás los restos de algunos carros quemados y el cráneo de un caballo. En la distancia las nubes se aglutinaban formando enormes torres y almenadas, construyendo castillos de ensueño en el cielo. A lo largo de la pradera, las olas de calor danzaban convertidas en espirales bajo el sol, y en la lejanía el espejismo de un lago azul mostraba sus aguas de ensueño mofándose de nosotros.

Desde la cima de una colina miré a mi alrededor a

millas de pradera seca con una inmensa bóveda de cielo donde el sol parecía haber crecido enormemente hasta barrer el cielo. Con mi cantimplora volví a empapar el pañuelo y limpié los labios de Dapple. Todo estaba tan seco que no podía ni escupir.

En la distancia los carros formaban un estrecho sendero..., la colina en la que estaba sentado era baja, pero había un camino empinado de unas cuatro millas que conducía hasta los carros.

No había horizonte, porque lo que se veía era la nube de calina que nos envolvía. Nuestros caballos avanzaban adelante cansinos, conducidos del ramal por sus jinetes sin saber dónde.

El cielo estaba vacío. Reinaba el silencio... el polvo colgaba en el aire estático. Hacía mucho calor.

CAPÍTULO 4

ROUNTREE ENCORVÓ SUS viejos hombros bajo la raída camisa. Aunque parecía estar a punto de abalanzarse, lo mas probable era que aguantara más que todos nosotros. El viejo estaba hecho de acero y cuero.

Mirando hacia atrás, observé en la distancia una nube de polvo, y se lo mencioné a Orrin, que hizo una seña con el brazo a Torres. Orrin y yo desmontamos de los caballos, y los caminamos para darles un descanso.

—Tenemos que buscar una finca para Mamá —le dije a Orrin—; no le quedan muchos años de vida. Sería bueno si pudiera vivirlos en el confort de su propia casa, con sus cosas.

—La encontraremos.

El polvo se levantaba con cada paso que dábamos. Orrin se detuvo un instante para mirar hacia atrás, y entornó los ojos protegiéndolos de la luz intensa y del escozor del sudor. —Tye, tenemos que estudiar —dijo de repente—, somos unos ignorantes, y no podemos seguir así. Cuando escuchas hablar a Tom te hace pensar. Si estuviéramos así de preparados llegaríamos muy lejos.

—Tom tiene razón. En el oeste uno puede llegar a triunfar.

—El medio te hacer pensar en ello. Es un gran país con mucha tierra disponible... que te hace pensar a lo grande.

Cuando volvimos a montar, el cuero de la silla de montar ardía tanto que casi me quema el trasero y estuve a punto de proferir un grito al sentarme.

Después de un tiempo en un territorio así, apenas si avanzas, pero sigues colocando un pie delante de otro como alguien en un trance. Cuando oscureció y las estrellas aparecieron, olimos a árboles verdes, hierba y el frescor amable del agua corriente. Ascendimos al Arkansas a la luz de las estrellas. Todavía me quedaba un poco de agua turbia en la cantimplora. En seguida, sin saber qué pasaría, la vacié, la enjuagué y la volví a llenar de agua fresca.

Fui con la cantimplora al carro de Drusilla y noté que Baca me miraba con cara de pocos amigos. Ella valía demasiado para cualquiera de nosotros dos.

Los cuatro preparamos una fogata alejados de los otros porque teníamos negocios que discutir.

—Torres me dijo que el don tiene una finca increíble. Una gran concesión de tierra. Montañas, prados, bosques... y mucho ganado —Cap había hablado con Torres largo y tendido—. También cría ovejas. Y tiene un par de minas y un aserradero.

—He oído que es un acaparador de tierra —comentó Orrin—. A muchas personas les gustaría construir sus casas en esos terrenos si les dejara.

—¿Orrin, les dejarías tú si fuera tuya la tierra? —preguntó Tom con delicadeza.

—Nadie tiene derecho a tener tanto. Además, no es americano —insistió Orrin.

A Rountree no le gustaba discutir, pero el viejo era

justo. —Hace cuarenta años que tiene esas tierras, y las heredó de su padre, que llegó a este país en 1794. Está claro a quién les pertenecen.

—Quizás me equivoqué —replicó Orrin—, pero es lo que he oído.

—Don Luis no es ningún santo —añadió Rountree—; escuché hablar de él cuando vine al oeste por primera vez. Él y su padre lucharon contra los ute, los navajo y los comanches. Trabajaron la tierra, trajeron ovejas y ganado de México, abrieron las minas y construyeron el aserradero. Supongo que si alguien trata de arrebatarles la tierra, tendrán que estar listos para pelear.

—No creo que Jonathan Pritts sea capaz de hacer algo así —interrumpió Orrin—, sobre todo si conoce la situación.

Pawnee Rock era nuestro próximo destino... Torres se acercó a nuestra hoguera para informarnos que don Luis había decidido no pasar por allí.

Orrin y yo queríamos verlo, así que los cuatro decidimos cabalgar hasta allí mientras los carros daban la vuelta alrededor y acortaban.

Cerca de Pawnee Rock habían acampado cuarenta o cincuenta tipos de mal aspecto, eran juerguistas, borrachos, y estaban bien surtidos de güisqui.

—Parece que están en pie de guerra —comentó Rountree.

De repente tuve la desagradable sensación de que era la pandilla de Pritts, porque no se me ocurría por qué una banda de este tamaño estaba acampada en este lugar sin carros ni mujeres. Además, vi a uno de los que había acompañado a la banda de Back Rand allí por Abilene.

Cuando nos vieron llegar, unos cuantos se levantaron de donde holgazaneaban y uno dijo: —¡Hola! ¿De dónde sois?

—Vamos de paso. —Tom Sunday miró más allá de los tipos que nos saludaban al campamento, que estaba sucio, desarreglado e improvisado—. Nos dirigimos al Cimarrón superior —agregó.

—¿Por qué no desmontáis? Os queremos hacer una proposición.

—Andamos cortos de tiempo —señaló Orrin, mirando sus caras como si quisiera recordarlas.

Otros tipos se nos habían acercado, rodeándonos como el que no quiere la cosa e intentando colocarse detrás de nosotros. Giré mi caballo para darles cara.

Esto no les gustó nada, y un pelirrojo entre ellos espetó. —¿Qué pasa? ¿Tenéis miedo?

Cuando uno se enfrenta a una banda de tal calibre, no consigues nada ni hablando ni huyendo, así que le embestí con el caballo sin decir ni mu, enfilando el animal derechito a él. Tenía la mano derecha en el muslo a pocas pulgadas de mi disparador de seis tiros; me daba la impresión que los otros esperaban para ver qué iba a pasar si el pelirrojo se me arrimaba.

El pelirrojo empezó a esquivarme, pero el caballo era del tipo de los que Papá había usado para juntar ganado, y cuando apuntabas ese caballo a algo, hombre o animal, sabía en qué consistía su trabajo.

El pelirrojo se apartó. Hacía tiempo aprendí que cuando un tipo echa atrás es difícil que pare y que vuelva a arrimarte. Cada paso que daba hacia atrás el caballo se le acercaba otro, y de repente el pelirrojo se

desesperó, agarró la pistola y en ese mismo instante
espoleé el caballo y se lo abalancé. El caballo le pegó
con el anca y el pelirrojo cayó al suelo como un fardo.
Además perdió la pistola, que fue a parar a varios
pies de distancia.

El pelirrojo yacía en el suelo entre las patas del caballo, y yo todavía no había dicho ni media palabra.

Mientras los otros contemplaban el espectáculo
del pelirrojo y el caballo, Orrin tenía su revolver listo
en el regazo. Tom Sunday y Cap Rountree también tenían los rifles listos. Cap repitió: —Como decía, sólo
vamos de paso

El pelirrojo intentó incorporarse, y el caballo se
movió un poco y el pelirrojo se sosegó. —Pelirrojo,
cuando nos hayamos ido te levantas. Estás demasiado
acalorado para matarte.

Varios de los otros habían visto lo que estaba pasando y empezaron a aproximarse a nosotros.

—¿Y bien, Tye? —preguntó Orrin.

—Vamos —le contesté, y salimos de allí a toda
velocidad.

Cap tenía algo en mente, y yo lo sabía. Entreteni-
dos con nosotros no se habían percatado del paso de
los carros. Repostamos en Coon Creek y nos dirigimos hacia Fort Dodge.

————

LA DILIGENCIA DE la compañía Barlow Sander-
son entró mientras estábamos en Fort Dodge. Me
parecía una forma bastante elegante de viajar, todos
recostados sobre cojines y rodeados de gente distin-
guida.

Estábamos allí parados cuando escuchamos al conductor de la diligencia hablar con un sargento. —Parece que se está preparando una buena con los intrusos que intentan asentarse en las concesiones españolas —dijo.

Orrin se dio la vuelta. —Menos mal que no vamos a meternos en esa refriega —dijo—. Lo que nos conviene es ir a juntar ganado.

Cuando regresamos al campamento, todo era alboroto de empacar y cargar.

Torres se nos acercó. —Señores, nos marchamos. Nos han llegado noticias de que hay problemas por la finca. Vamos a seguir la ruta seca al sur de aquí. ¿Nos acompañan?

—No, vamos al Purgatoire.

—Entonces será adiós. —Torres me miró—. Señor, don Luis querrá despedirse de usted.

No localicé a don Luis en los carros, pero allí estaba Drusilla. Cuando me vio, vino rápidamente hasta mí. —¡Oh, Tye! ¡Nos vamos! ¿Te veré de nuevo?

—Pronto viajaré a Santa Fe. ¿Puedo visitarte?

—Seguro que sí.

Estábamos juntos de pie en la oscuridad rodeados del ir y venir de la gente que se preparaba para el viaje y que empacaba, el tintineo de las cadenas de arrastre, la animación y los gritos.

Yo sentía como que estaba perdiendo algo; nunca había sentido algo así. En ese momento no quería ir a juntar vacas salvajes. Quería ir a Santa Fe. ¿Era esto lo mismo que sentía Orrin por Laura Pritts?

¿Pero cómo podía yo sentir eso por ella, si era un montañés que casi no sabía leer y sólo podía escribir mi nombre?

—Tyrel, ¿me escribirás?

¿Cómo podía decirle que no sabía hacerlo? —Te escribiré —contesté, y me juré que aprendería. Le pediré a Tom que me enseñara.

Orrin tenía razón. Teníamos que estudiar como fuera.

—Te echaré de menos.

Yo, como un necio, estaba de pie jugueteando con mi sombrero. ¡Si hubiera tenido la labia de Orrin! Pero era poco parlanchín con las damas y no tenía idea de lo que uno debía decirles.

—Disfruté mucho —dije—, cabalgando contigo por las llanuras.

Ella se acercó y me moría de ganas de besarla, pero ¿qué derecho tenía un don nadie de Tennessee a besar a la hija de un don español?

—Extrañaré los paseos a caballo —añadí por decir algo—. Los echaré de menos.

De repente ella se puso de puntillas, me besó y salió corriendo. Yo me di la vuelta y me di de bruces con un árbol. Retrocedí y en ese momento Antonio Baca salió de la penumbra con un cuchillo en la mano. Sin pronunciar palabra, arremetió contra mí.

Hablar con las chicas era una cosa; las heridas de arma blanca otra. Papá me había criado bien por lo menos en un sentido. Y actué casi sin pensar. Con la mano izquierda le pegué en la muñeca en la que sujetaba el cuchillo, para desviar la hoja, y con la derecha le agarré la muñeca mientras que con la pierna lo tumbaba despidiéndolo con el impulso contra el tronco del árbol.

Cuando se estrelló contra el árbol, el cuchillo cayó al suelo. Recogiéndolo, caminé adelante sin ni siquiera mirar hacia atrás. Lo escuché gemir en el suelo. Eso quería decir que seguía vivo. Sólo un poco magullado.

Tom Sunday estaba en la silla de montar con mi caballo a su lado.

—Orrin y Cap continuaron. Nos encontrarán en el Fuerte.

—Vamos —le contesté.

—Me imaginé que querrías despedirte. Es muy difícil dejar a una muchacha tan bonita como ésa.

Le miré. —Es la primera chica que me ha hecho caso en la vida —le dije—. No suelo atraer mucho a las muchachas.

—Si a las que atraes es a muchachas como ésa, no tienes de que preocuparte —dijo tranquilamente—; es una verdadera señorita. Tienes derecho a sentirte orgulloso.

Entonces vio el cuchillo en mi mano. Todos los que habían estado con los carros lo conocían. Baca lo había estado exhibiendo constantemente.

—¿Coleccionando trofeos de guerra? —preguntó Tom socarronamente.

—Pues no estaba pensando en ello. —Metí el cuchillo en el cinto—. Por lo menos de este tipo.

Cuando habíamos montado por un rato me preguntó: —¿Lo mataste?

—No.

—Deberías haberlo hecho —dijo—, porque algún día vas a tener que hacerlo.

Nunca tuve dificultades con los hombres que dejaban tan poca huella. En lo único que podía pensar era en Drusilla Alvarado, y en el hecho de que cabalgábamos lejos de ella. Todo el tiempo me repetía a mí mismo que era un necio, que ella no era para mí. Pero no importaba lo más mínimo, y desde ese día entendí mucho mejor a Orrin y lo compadecí.

Pero a pesar de eso no había cambiado de opinión sobre esa rubia de cara estrecha. Nunca había valido la pena ese ruano color miel, además era miserable, contradictorio y también tozudo.

En la distancia podíamos distinguir las luces del Fuerte mientras se escuchaban el retumbar de las ruedas de los carros que se alejaban, el tintineo de las cadenas de arrastre y los mexicanos que se gritaban unos a otros.

—Tom —dije—, necesito aprender a escribir. Quiero aprender de verdad.

—Tienes que aprender —me dijo serio—; yo te enseñaré.

—¿Y a leer?

—También.

Cabalgamos en silencio durante un rato cuando Tom Sunday dijo: —Oye, Tye, éste es un gran país y hace falta grandes hombres para vivir en él, pero ofrece la misma oportunidad a todos. Eres tan grande o tan pequeño como tus ambiciones, y si trabajas y te mejoras, puedes lograr lo que te propongas.

Me quería decía que podía llegar a ser lo suficientemente importante para incluso la hija de un don, eso lo entendí. Estaba diciéndomelo, pero de repente entendí que no era necesario. Él tenía razón, claro, y yo lo sabía desde hacía tiempo. Éste era un país para progresar, la tierra de las oportunidades.

Las estrellas resplandecían. El campamento quedaba atrás. Alguien en el pueblo de adelante se rió y alguien más dejó caer un cubo que rodó por unos peldaños.

Una suave brisa sopló fresca y agradable. Estábamos dando nuestros primeros pasos. Íbamos a juntar ganado salvaje.

Nos dirigíamos al Purgatoire.

CAPÍTULO 5

EN OTRO TIEMPO, Cap Rountree había atrapado castores por todo el territorio al que nos dirigíamos al galope. Había estado allí con Kit Carson, Tío Dick Wootton, Jim Bridger y los Bent. Conocía la comarca como si fuera la palma de su mano.

Tom Sunday... amenudo pensaba en Tom Sunday. Tom nos dijo que era tejano, y eso era suficiente. Conocía el ganado mejor que cualquiera de nosotros.

Orrin y yo habíamos sobrevivido gracias a lo que cultivábamos en nuestra casa y de lo que cazábamos, y nos criamos conociendo de las hierbas comestibles y cómo vivir en el bosque.

El territorio al que nos dirigíamos era territorio indio, desde donde los comanches, utes, arapahoes y kiowas hacían sus incursiones y luchaban, y también había algunos cheyennes. A veces hasta apaches había que hacían incursiones al norte. En este territorio el precio de bajar la guardia por unos pocos minutos podía significar la muerte de todo el grupo. No era un lugar para holgazanes o irresponsables.

Siempre y en todo momento estábamos pendientes del firmamento. La gente de ciudad casi nunca mira el cielo o a las estrellas, pero a nosotros no nos quedaba otro remedio. Siempre lo teníamos sobre nosotros.

Tom Sunday era un hombre que sabía de memoria mucha poesía, y mientras montábamos nos recitaba alguna. Era una vida solitaria, por seguro, y sospecho que él lo que más extrañaba era la lectura. Los libros escaseaban y se apreciaban, eran difíciles de conseguir y a menudo causa de alguna pelea. Pasaba lo mismo con los periódicos.

No podías ir a la esquina a comprarlo. Ni había un cartero que te lo entregara. He conocido vaqueros que memorizaban las etiquetas de las conservas de verdura y de la fruta con tal de leer algo.

Cap conocía bien el territorio, cada arroyo y cada bifurcación de caminos. No había mapas, exceptuando el que uno llevaba en el cerebro, ni tampoco nadie a quien preguntar la dirección, así que la mente memorizaba lo que veía. Cap conocía mil millas del país como uno puede conocer su cocina o su casa.

Por las mañanas el aire estaba más fresco. Hacía una brisa fría que indicaba que estábamos ascendiendo. Fue temprano por la mañana cuando vimos los carros.

Siete carros, quemados y carbonizados. Nos acercamos con cautela, con los rifles en las manos y listos para lo que fuera; íbamos agachados por una hondonada de la pradera hasta que los alcanzamos.

La gente del este tiene opiniones preconcebidas sobre los pobres indios aunque nunca han luchado contra ellos. Los indios son luchadores natos y les gusta por naturaleza, así que no comprenden qué es la piedad.

La piedad se aprende. Uno no nace siendo piadoso. Los indios crecen pensando en la tribu, y todos los demás son enemigos.

No es que sea un defecto; es que nadie les había

enseñado. Hay que matar al enemigo, y descuartizarlo, de manera que si te lo encuentras en la otra vida no podrá usar sus extremidades para atacarte. Algunos indios creen que un hombre mutilado nunca pasa a la otra vida.

A dos tipos de este grupo los habían colocado abiertos de piernas sobre las ruedas del carro y acribillado con flechas y les habían quitado el cuero cabelludo. Las mujeres yacían por doquier, ensangrentadas y con la ropa destrozada. Un hombre se había guarnecido en una hondona de búfalos con su mujer y desde allí se defendieron.

—No tienen señales de violencia —comenté—, debieron de morir cuando se marcharon los indios.

—No —dijo Cap señalando las huellas de mocasines cerca de los cuerpos—. Se quitaron la vida cuando se les acabó la munición. —Nos mostró las quemaduras de pólvora en el vestido de la mujer y en la sien del hombre—. La mató y después se suicidó.

El hombre que les plantó cara en la hondonada se veía que había matado a algunos indios. Encontramos manchas de sangre en la hierba que nos hicieron pensar que debía haber matado a cuatro o cinco, pero los indios siempre se llevan a sus muertos.

—No los mutilaron porque el hombre luchó bien. Los indios respetan a los guerreros y a casi nadie más. Pero a veces también los descuartizan.

Con una pala que encontramos cerca de uno de los carros, cavamos una fosa y enterramos a los dos en la hondonada donde los habíamos encontrado, y a los demás los enterramos cerca en una fosa común.

Cap encontró varias cartas que estaban a medio

quemar y se las metió en el bolsillo. —Es lo mínimo que podemos hacer —dijo—, las familias querrán saber.

Sunday estaba fuera estudiando los carros y parecía perplejo. —Cap —llamó—, ven aquí un momento.

Habían prendido fuego a los carros, pero algunos casi no habían ardido. Estaban chamuscados, y tenían la lona del techo quemada.

—Ya veo —dijo Orrin—, ese carro parece tener un fondo muy grueso.

—Demasiado —dijo Sunday—. Creo que es un fondo falso.

Con la pala forzó una tabla hasta que logramos arrancarla. En su interior había un compartimiento, y dentro una caja fuerte que forzamos y abrimos.

Dentro encontramos varias sacas de dinero en oro y un poco de plata; en total habría más de mil dólares. En la caja también había unas cartas.

—Esto es mejor que juntar ganado —dijo Sunday—. Hemos encontrado un tesoro.

—Quizás alguien necesite este dinero —sugirió Orrin—. Más vale que leamos las cartas para ver si localizamos al dueño.

Tom Sunday lo miró con una sonrisa forzada. —¿Estás bromeando, verdad? El muerto era el dueño.

—Mamá tendría mucha necesidad de ese dinero si es que Tyrel y yo se lo hubiéramos enviado —dijo Orrin—, y puede que alguien también lo necesite.

Al principio pensé que estaba bromeando, pero hablaba en serio, y su forma de pensar me hizo examinar la mía propia. Teníamos que encontrar al dueño del dinero y mandárselo... y si no lo encontrábamos, entonces nos lo podríamos quedar.

Cap Rountree estaba de pie fumando su vieja pipa y estudiando a Orrin con interés, como si estuviera viendo algo insólito.

Entre los dos no teníamos ni cinco dólares. Habíamos tenido que comprar animales de carga y nuestro equipo, y nos habíamos quedado pelados, y además habíamos enviado algo de dinero a Mamá desde Abilene. Ahora íbamos a empezar cuatro o cinco meses de trabajo duro y a jugarnos el pellejo por menos que esto.

—Orrin, estos están muertos —dijo molesto Tom Sunday—, y si no lo hubiéramos encontrado pasarían años antes de que alguien lo encontrara, y para entonces las cartas estarían hechas añicos.

De pie mirándolos, no tenía idea de lo que nos estaba ocurriendo, y de cómo esta disputa afectaría todas nuestras vidas, y por muchos años. En ese momento parecía algo sin importancia.

—En nuestra vida no volveremos a encontrar mil dólares en oro. Nunca jamás. ¿Y queréis que intentemos localizar al dueño?

—Más vale que tomemos la decisión en otro lugar —comenté—. Puede haber indios alrededor.

Cuando cayó la noche, acampamos bajo unos árboles cerca del Arkansas y trajimos a la manada para abrevarla. Nadie dijo palabra. Éste no era un sitio para buscar pleitos, y además Orrin era mi hermano... y tenía razón.

Personalmente, no estoy seguro que yo lo habría pensado. O quizás no lo habría mencionado si hubiera pensado así... uno nunca sabe estas cosas. Rountree no había hecho nada más sino escuchar y fumar su vieja pipa.

Cuando estábamos sentados tomando café, Tom volvió al tema. —Orrin, seríamos tontos si no nos quedáramos con el dinero. ¿Cómo sabemos a quién lo estaríamos enviando? Quizás sea un familiar que los odiaba. A nadie le hace más falta que a nosotros.

Orrin estaba sentado analizando las misivas. —Esta gente tenía una hija —dijo Orrin finalmente—, y no tiene ni dieciséis años. Está viviendo con unos amigos hasta que la vayan a buscar. ¿Qué le pasará cuando los amigos se enteren de que nadie va a ir a buscarla y de que no recibirán más dinero?

La pregunta molestó y enfadó a Tom. Enrojeció y dijo: —Vosotros podéis enviar vuestra parte. Yo me quedo con un cuarto... ya mismo. Si no me hubiera fijado en ese vagón, nunca habríamos encontrado el dinero.

—Tom, tienes razón —dijo Orrin sensatamente—, pero ese dinero no es nuestro.

Tom Sunday se levantó despacio y se puso de pie. Estaba enfadado y quería pelea. Yo también me levanté.

—Chaval —dijo enojado—, no te metas en camisa de once varas. Esto es entre Orrin y yo.

—Todos estamos involucrados: Cap, Orrin, tu y yo. Emprendimos este viaje para juntar ganado salvaje, y si lo empezamos con riñas no llegaremos muy lejos.

Orrin dijo: —Si este dinero fuera de un hombre, quizás no hubiera pensado en devolverlo, pero es de una jovencita, y a esa edad quien sabe lo que la espera si la dejan sola en este mundo. Este dinero puede ser la diferencia.

Tom era un hombre orgulloso y terco, y estaba listo para luchar contra nosotros dos. Entonces Rountree se pronunció.

—Tom —dijo suavemente—, estás equivocado; y es más, lo sabes. Este equipo tiene cuatro voces y yo voto por los Sackett. ¿Tom, no estarás en contra de la democracia, verdad?

—Bien sabes que no, y si lo pones así, me siento. Pero opino que somos unos malditos necios.

—Tom, probablemente tienes razón, pero así soy —replicó Orrin—. Cuando juntemos el ganado, si te sigues sintiendo así te puedes quedar con mis vacas.

Tom Sunday apenas miraba a Orrin. —Maldito necio. Lo próximo que harás será cantar himnos en una iglesia.

—Conozco algunos —replicó Orrin—. Acomodaos y mientras Tyrel prepara la cena, os cantaré unos cuantos.

Y así terminó la cosa... o eso pensamos. A veces me pregunto si algo se acaba en la vida. Las palabras que dices hoy se mantienen vivas en tu mente y en el recuerdo de otros, y el disparo, el golpe, lo que haces hoy es como un guijarro lanzado a una alberca cuyas ondas se ensanchan hasta tocar las vidas de gente lejos de nosotros.

Orrin cantó sus himnos, y los siguió con "Negro, negro, negro", "Señor Randall", "Barbara Allan" y "Dulce Betsy". Cuando Orrin acabó de cantar, Tom le extendió la mano y Orrin se la estrechó y sonrió.

No se volvió a mencionar el dinero en oro, que se guardó en el fondo de un talego y se olvidó. Si es que uno puede olvidarse de semejante cantidad de dinero.

Estábamos penetrando en el territorio donde estaba el ganado salvaje. Cap Rountree y otros habían visto el ganado, huido de los asentamientos españoles al sur, o escapado o dispersado por los indios de los trenes de carga que viajaban a California.

Sin duda los indios habían matado algunos animales, aunque preferían los búfalos. Mucho de este ganado había viajado al sur con las manadas de búfalos. En 1867 no escaseaban los búfalos, y los indios sólo mataban ganado salvaje cuando no había otra cosa.

La comarca en la que trabajaríamos quedaba al sur de la Sección Montañosa del Santa Fe Trail, entre el Purgatoire y Two Buttes Creek, y al sur de Mal País. Era una comarca grande y severa. Montamos hacia el sur por llanuras de salvia, con mesquite, junípero y piñón en las colinas.

Cap tenía en mente un lugar oculto, un cañón cerca de la base de una montaña donde brotaba un manantial de agua dulce de las rocas. En el fondo había casi doscientos acres de buen pasto que llegaba hasta la altura del vientre del caballo, y por la apariencia nadie lo había descubierto desde que Cap Rountree lo encontró hacía veinte años.

Primero nos atrincheramos. Detrás de nosotros los peñascos se alzaban escarpados con una proyección que nos resguardaba por arriba. Justo delante había cuatro o cinco acres de buen pasto, bordeados en el extremo más lejano por árboles y piedras. Más allá había una cuenca, también con buena hierba, y en un cañón contiguo había un área todavía más grande donde esperábamos entrampar y guardar el ganado salvaje.

El primer día lo pasamos recogiendo ramas, apilando unas rocas a nuestra fortificación y oteando el terreno que nos rodeaba. También maté un ciervo, y Cap, un búfalo. Trajimos la carne al campamento y empezamos a curarla.

El próximo día, al alba, salimos a caballo para inspeccionar el territorio. En menos de una hora habíamos visto sesenta o setenta cabezas. Nunca vi tanto ganado. En la manada había un toro de cuernos largos que podía medir siete pies y pesar unas mil seiscientas libras. ¿Y los cuernos? Afilados como una aguja.

Al anochecer habíamos juntado un buen montón de ganado en la cuenca, o que iba en esa dirección. Al tercer día teníamos más de cien cabezas en la cuenca y empezábamos a contabilizar nuestras ganancias.

Era un trabajo lento que requería paciencia. Si los arreabas demasiado rápido podían huir en tropel lejos, e intentamos hacerlo sin que esto ocurriera.

Teníamos dos metas: juntar ganado salvaje y mantenernos vivos mientras lo hacíamos. No sólo nos teníamos que preocupar por los indios, sino por el propio ganado. Algunos de estos toros viejos tenían la agresividad en la sangre, y las vacas podían ser igual de peligrosas si embestían a un hombre a pie. Por la noche contábamos historias alrededor del fuego o protestábamos por la cocina de alguno. A todos nos tocaba el turno.

Manteníamos las hogueras pequeñas, utilizando la madera más seca, y sólo nos movíamos cuando no nos quedaba más remedio. No nos atrevíamos a tener una rutina diaria para que los indios no pudieran entramparnos. Nunca volvíamos por el mismo sendero y manteníamos los ojos bien abiertos todo el tiempo.

Juntábamos ganado. Sudábamos, maldecíamos y mascábamos polvo, pero los recogíamos. Algunos días recogíamos seis; otros doce; otros diecinueve y de repente apenas tres. Nunca sabíamos cómo resultaría. Los agrupábamos en la cuenca donde había pastos y agua suficiente, y los observamos mientras se engordaban. También les daba tiempo para asentarse.

Entonces surgieron los problemas. Orrin montaba un alazán que habíamos recogido en Dodge. Estaba lejos y mientras bajaba por una cuesta empinada el alazán se escurrió de patas. El alazán, ligero, se levantó rápidamente y salió galopando con el pie de Orrin enganchado a un estribo. Orrin sólo tenía una forma de evitar ser arrastrado hasta la muerte, y era una de las razones por las cuales un vaquero siempre va armado con pistola. Mató el alazán.

Al caer la noche no había señal de Orrin. Teníamos la costumbre de volver temprano porque si algo sucedía a alguno de nosotros podríamos rescatarlo antes de que anocheciera.

Partimos en su búsqueda. Tom fue hacia el sur, pasando también por el este, Cap fue al oeste y yo busqué por un cañón hacia el norte. Fui yo el que lo encontré, caminando de mala manera y cargando su montura y su Winchester.

Al verme, soltó la silla de montar, y cabalgué hasta él. —Tardaste bastante —refunfuñó sin enfado en sus ojos—. Estaba pensando en esconder mi silla de montar.

—Podrías haber disparado para dar señales.

—Había indios más cerca que tú —alegó.

Orrin nos contó la aventura alrededor de la hoguera. Le había quitado la montura al alazán y se dirigía hacia el campamento, pero como astuto que era, no iba a ir dejando un sendero fácil de seguir hasta nuestro escondite, así que descendió y tropezó contra un saliente rocoso por donde había montado sesenta o setenta yardas.

Había nueve o diez indios en el grupo y los divisó antes de que lo vieran, de modo que se cobijó y los dejó pasar. Eran guerreros, y por la forma de cabalgar quizás no se fijarían en el alazán muerto.

—Lo encontrarán —dijo Cap—. Está oscureciendo, y esta noche no irán muy lejos. Probablemente acampen cerca del riachuelo. Al alba verán las aves de rapiña.

—¿Y?

—Ése es un caballo herrado. Es probable que no dejen pasar la oportunidad de agarrar a uno de nosotros solo y a pie.

En otro momento habríamos salido a toda velocidad de la comarca, dejándoles solo nuestras huellas, pero ahora éramos propietarios y la propiedad te ata.

—¿Crees que nos encontrarán?

—Probablemente —dijo Cap—. Nos conviene quedarnos quietos un par de días. Además los caballos necesitan descansar.

Nos quedamos sentados allí, malhumorados, porque sabíamos que los indios no nos encontraban, se quedarían por allí para buscarnos si. Eso significaba que no podíamos juntar más ganado.

—¿Sabéis qué opino? —Esperaron a que hablara—. Que deberíamos darnos por satisfechos. Agarrar lo que tenemos, enfilar rumbo a Santa Fe, vender las reses y buscarnos un equipo como Dios manda. Para este tipo de trabajo necesitamos tres o cuatro caballos por hombre.

Tom Sunday lanzó su cuchillo de caza a la arena, lo retiró luego y estudió el resplandor de la hoja mientras se lo pensaba. —No es mala idea —dijo.

—¿Cap?

—Si Orrin está de acuerdo —contestó Cap—. Deberíamos largarnos de aquí en cuanto amanezca.

—No era lo que yo tenía en mente —dije—; quiero decir que debiéramos irnos ahora mismo... antes de que esos indios encuentren el alazán.

No esperé a que hablara Orrin porque sabía que estaba loco por ver a la rubia, y yo también tenía alguna visita que hacer.

No era sólo eso... El sentido común me dictaba que cuando esos indios averiguaran que estábamos aquí, juntar ganado sería casi imposible. Tardarían un día o dos en localizar nuestro sendero. Y cuando lo encontraran, probablemente estaríamos a muchas millas de distancia.

Así que recogí mi silla de montar y me encaminé al caballo. Hay situaciones que requieren decisión, y cuanta menos discusión haya, mejor. Empezar a juntar una manada en la mitad de la noche no era recomendable; para hacerlo tendríamos que esparcirnos y seríamos blanco fácil para los indios. Además yo me quería ir de una vez.

Hicimos el equipaje y nos marchamos. Con todo el agua y el pasto, el ganado estaba gordo y remolón y sin ganas de viajar, pero los llevamos de todos modos. Situamos la estrella del norte a nuestras espaldas y enfilamos hacia Santa Fe.

Cuando la luz del sol alumbró el cielo gris, habíamos recorrido seis millas.

CAPÍTULO 6

TENÍAMOS PROBLEMAS. CUANDO la manada sintió lo que estaba pasando, se veía que no le gustaba. Cansamos a nuestros caballos, pero mantuvimos la manada por el sendero hasta el crepúsculo para agotarla tanto como para poner distancia a nuestras espaldas. Vigilábamos con ahínco, pero no vimos a ningún indio.

Santa Fe era más pequeño de lo que esperábamos, y en realidad no era más que un montón de casas de adobe construidas alrededor de una plaza quemada por el sol, pero era el mayor pueblo que Orrin y yo habíamos visto.

La gente estaba en la puerta de sus casas protegiéndose del sol con las manos cuando entramos con el ganado. De repente tres jinetes españoles cabalgaron hacia nosotros. Iban a medio galope y nos miraban fijamente. Súbitamente irrumpieron a galope y se acercaron chillando y haciendo que la manada casi se arrancara de nuevo. Eran Miguel, Pete Romero y un jinete llamado Abreu.

—¡Hola! —dijo Miguel sonriente—, qué alegría verlo, amigo. Les esperábamos. Don Luis me pidió que los invitara a cenar.

—¿Sabe que estamos aquí? —dijo Orrin, sorprendido.

Miguel lo miró. —Señor, don Luis lo sabe todo. Un jinete le trajo noticias desde Las Vegas.

Ellos se quedaron vigilando a la manada mientras nosotros fuimos a pasear por el pueblo.

Caminamos hasta La Fonda y dejamos los caballos a la sombra. Dentro hacía fresco y reinaba el silencio. Todo estaba en penumbra, como en una catedral, sólo que esto no era ninguna catedral. Era un bar, y suponía que también un hotel.

Los que estaban allí sentados eran españoles, hablando bajo en ese idioma suyo tan suave. Me dio la grata sensación de ser un trotamundos y de estar en el extranjero. Un par de ellos nos hablaron con cortesía.

Nos sentamos y buscamos unas monedas en nuestros bolsillos. No era mucho, pero suficiente para unos vasos de vino y algo de comer. Me gustaba oír el suave murmullo de las voces, el tintinear de los vasos y las pisadas en el suelo. En alguna parte una mujer reía, y era una risa tentadora.

Al momento entró un funcionario del ejército. Era un hombre alto, de unos treinta años, con un uniforme impecable y unas maneras de caminar gallardas muy militares. Tenía un bigote muy historiado.

—¿Son ustedes los propietarios del ganado en las afueras del pueblo?

—¿Le interesa comprarlo? —preguntó Orrin.

—Depende del precio.

Se sentó con nosotros y pidió un vaso de vino.

—Señores, les seré franco, hemos tenido sequía y hemos perdido mucho ganado. La mayoría del ganado por aquí está hacinado. Sus reses son las primeras bien alimentadas que veo.

Tom miró a Sunday y sonrió. —Pedimos veinticinco dólares por cabeza.

El capitán lo miró. —Creo que no —dijo sonriente, alzando su vaso—. A su salud.

—¿Qué tal está don Luis Alvarado? —preguntó Orrin de repente.

La expresión del capitán se endureció y preguntó, a su vez: —¿Sois de la banda de Pritts?

—No —contestó Tom Sunday—; conocimos al don en los llanos. De hecho viajamos con él desde Abilene hacia el oeste.

—Él fue uno de los que nos dieron la bienvenida en Nuevo México. Antes de que anexáramos el territorio, el gobierno mexicano no podía enviar tropas para proteger estas colonias de los indios. Además, la mayoría del comercio era entre Santa Fe y los Estados, no entre Santa Fe y México. El don reconoció esto, y la mayoría de la gente aquí nos abrió los brazos.

—Jonathan Pritts trae colonos —dijo Orrin.

—El Sr. Pritts es un potentado emprendedor —dijo el capitán—, pero está muy equivocado si piensa que porque Nuevo México es pertenencia de los Estados Unidos, quiero decir, parte de los Estados Unidos... se les acabarán los derechos de propiedad a los hispanoparlantes.

Hubo una pausa. —Los colonos, si uno quiere llamarlos así, que trae ese Jonathan Pritts son hombres que vienen con pistolas en lugar de familias.

Me bebí otro vaso de vino y me recosté escuchando hablar al capitán con Tom Sunday. El capitán era graduado de esa escuela del ejército, West Point, y era un hombre muy docto. Uno se da cuenta de lo poco que sabe cuando oye hablar a personas como él. Donde nací teníamos una Biblia, y de vez en cuando alguien traía un periódico, pero raramente veíamos otro tipo de lectura.

La política era importante para la gente de las colinas. Cuando alguien llegaba a hablar de algo político, todo el vecindario se reunía. La gente preparaba sus meriendas, y veías a personas en el mitin que nunca veías en otra parte. En aquel tiempo los muchachos sabían tanto de política local como de perros de caza, y sentían casi el mismo interés.

Orrin y yo nos sentábamos y escuchábamos. Uno puede aprender mucho si escucha. Así aprendí lo poco que sabía. Tenía ansias de saberlo todo, y me daba rabia pensar que empezaba con tanto retraso.

Habíamos recogido unas cuantas cabezas más viajando al sur, y por la forma en que iban las cosas, calculaba que cada uno habíamos ganado más de mil dólares. Al día siguiente Orrin y Cap fueron a la oficina de la diligencia para mandar el oro que habíamos encontrado en el carro.

Las ganas de ver el pueblo pudieron más que yo, y salí fuera. Esas señoritas de ojos negros podían hacerle perder a uno el sentido. Si Orrin mirara alguna de estas chicas, se olvidaría totalmente de Laura. No era extraño que se hubiera enamorado de ella. Después de estar rodeado durante tantos meses por tipos duros y peludos hasta la hembra más fea parece atractiva.

Yo lo que más deseaba en ese momento era bañarme y afeitarme. Cap me siguió.

—Parece que hay cosas que ver en este pueblo —sugerí.

—Mira, Tyrel, si estás pensando lo que creo, yo que tú andaría con pies de plomo antes de lanzarme. Si vas a hacer la corte a una española, más te vale saber luchar contra los españoles.

—Me parece que vale la pena.

Era la hora de la siesta. Un perro abrió un ojo y meneó el rabo; me agradecía que no lo molestara. No me daban ganas de molestar a nadie.

Me tomé mi tiempo caminando por la polvorienta calle. El pueblo estaba en silencio. Se abrió una puerta ancha que daba a un edificio largo como un granero, con muchas tinas y agua corriente de la que pasaba por una acequia. Había jabón hecho en casa y nadie en los alrededores. También había una bomba de extraer agua. Era la primera vez que veía una bomba dentro de una casa. La gente cada día era más vaga... ni siquiera salían de casa para extraer agua.

Debía ser una casa de baños públicos, pero no había nadie para cobrarme. Llené una tina de agua, me quite la ropa y me metí. Cuando estaba enjabonado, entraron tres mujeres con bultos de ropa en la cabeza.

Nos miramos fijamente y entonces grité. De repente comprendí que no eran baños, sino una lavandería.

Las españolas me miraron y empezaron a chillar. Pensé que estaban asustadas, pero no se corrían, se estaban riendo de mí.

¡Riéndose!

Agarré un cubo con agua, me enjuagué y agarré

una toalla. Ellas salieron corriendo y podía oír sus gritos; nunca me vestí tan rápido en mi vida. Me coloqué la cartuchera en la cintura y salí a toda velocidad a buscar mi caballo.

Debí haber sido una verdadera visión, yo todo lleno de jabón en la tina. Rojo como un tomate. Espoleé a Dapple hacia las afueras del pueblo y lo último que escuché fueron risas a mis espaldas. Las mujeres son únicas.

Pero había logrado bañarme.

La mañana era luminosa y bella como nueve mañanas de diez en el alto desierto. Nos encontramos con el capitán y le entregamos el ganado. Habíamos acordado un precio de veinte dólares por cabeza, que era buen precio en ese lugar y por ese tiempo.

Cuando entramos cabalgando en el pueblo, una muchacha se fijó en mí. Me señaló con el dedo, abrió la boca y habló excitada con una chica que la acompañaba. Entonces me miraron y empezaron a reírse.

Orrin estaba confundido porque las muchachas siempre lo miraban primero a él y a mí no me hacían ningún caso.

—¿Conoces a esas muchachas?

—¿Yo? Nunca las he visto en mi vida. —Eso me dio la pauta de cómo iban a ser las cosas. Este incidente ya debía de ser la comidilla de Santa Fe.

Antes de localizar La Fonda habíamos pasado frente a una docena de muchachas que se reían y me sonreían. Ni Tom Sunday ni Orrin entendían lo que estaba pasando.

La Fonda estaba fresca y acogedora, así que pedimos unos vinos y la comida. La muchacha que nos atendió de repente se dio cuenta de quién era yo y empezó a reírse tontamente. Cuando vino con nuestros platos, dos o tres muchachas salieron de la cocina para mirarme.

Agarré mi vaso de vino intentando parecer un tipo fino. En realidad me sentía como un tonto.

Orrin se empezó a molestar. No entendía el súbito interés que las muchachas demostraban por mí. Sentía curiosidad, interés y celos, todo al mismo tiempo. Lo único que yo podía hacer era aguantar el tipo o salir corriendo y esconderme entre los matorrales.

Santa Fe era un pueblo pequeño y amigable. La gente quería divertirse con los forasteros que venían de visita. En esa época era un pueblo sin mucho protagonismo, aunque por su antigüedad podría haber sido el centro de todo. A las muchachas les gustaba bailar fandango y divertirse con los americanos.

Había una pequeña muchacha mexicana que cada vez que me miraba lo hacía con fuego en los ojos oscuros y grandes, y yo me agitaba.

Ésta tenía una figura que cualquiera admiraría. Cada vez que nos cruzábamos por la calle se contoneaba más, y pensé que podríamos conocernos mejor si averiguaba su nombre. Era Tina Fernández.

El segundo día por la noche escuché un golpe en la puerta, y cuando la abrí me encontré a Fetterson.

—El Sr. Pritts quiere verles, a todos ustedes. Quiere hablar de negocios.

Nos miramos, y entonces Orrin se levantó para salir. El resto lo seguimos, y un mexicano que estaba en la barra se dio la vuelta y nos dio la espalda. Alguien que fuera amigo de Jonathan Pritts encontraría pocos amigos en Santa Fe.

Eso no era lo único que me preocupaba. Era Orrin.

JONATHAN PRITTS TENÍA cuatro hombres fuera del adobe dónde vivía y otros que holgazaneaban cerca del corral. A través de la puerta del barracón observé a varios tipos que iban armados.

Tyrel, me dije, tienes que cuidarte de un hombre rodeado con tantos pistoleros. No tendría todos esos hombres a menos que los necesitara.

Rountree me miró. Era un pendenciero y duro. Sunday hizo una pausa en el porche y sacó un puro; cuando echó la mano atrás para encender el fósforo en los pantalones, traquetearon tres sillas y los tipos pusieron la mano en sus pistolas. Tom no dejó ver que lo había notado, pero tenía una sonrisa furtiva en la boca.

Laura vino a encontrarnos. Llevaba un vestido azul como el color de sus ojos. Parecía un ángel. La forma en que le ofreció las manos a Orrin y cómo lo miraba... era suficiente para atorar a cualquiera. Menos a Orrin. Parecía que le habían quitado el aire.

Cap estaba muy antipático, pero Sunday, que tenía mucha mano con las chicas, le sonrió a ella marcadamente. A veces pensé que le molestaba que Laura se hubiera decidido por Orrin y no por él.

Ella miró más allá de Orrin y nuestras mentes tuvieron el mismo pensamiento. Sencillamente no nos caíamos bien.

Jonathan Pritts entró. Vestía una chaqueta de predicador y un cuello que te hacía pensar que te iba a ofrecer una oración o a venderte un lingote de oro.

Pasó a todos una caja de puros, y me alegré de que yo no fumo. Orrin aceptó uno, y después de vacilar un segundo, Tom también.

—No fumo —dije.

—¿Quieres un trago?

—No bebo —contesté.

Orrin me miraba, porque aunque el licor no me volvía loco, a veces bebía con los amigos.

—Muchachos, habéis hecho bien con el ganado —dijo Pritts—, y me gustan los hombres con cabeza para los negocios. Sin embargo, me pregunto qué planeáis hacer con los beneficios de la operación. Me interesan los hombres que quieren invertir sus conocimientos comerciales y su capital, hombres que pueden empezar algo y concluirlo.

Nadie contestó, y él sacudió la ceniza de su puro y estudió su extremo incandescente durante un minuto.

—Al principio se pueden presentar algunas dificultades. Las personas que viven en esta tierra no son americanas y puede que les desagrade que nos mudemos allí.

Orrin habló despacio. —Tyrel y yo vinimos al oeste en busca de un terreno. Estamos buscando una finca.

—¡Estupendo! Nuevo México ahora es parte de los Estados Unidos, y es hora de que los ciudadanos americanos nos beneficiemos.

Aspiró el puro profundamente. —Los primeros serán los más beneficiados.

—Me parece —dije— que planea echar a los que ya están allí e instalarse.

Pritts se incomodó. No estaba acostumbrado a que

le llevaran la contraria, y menos que lo hicieran tipos como nosotros. No dijo más por el momento, y Laura se sentó cerca de Orrin y olfateé su perfume.

—Los mexicanos no tienen ningún derecho —contestó Pritts—. La tierra pertenece a los americanos. Si entráis ahora os daré acciones en la compañía que estamos creando.

—Necesitamos una finca para Mamá —dijo Orrin—; necesitamos el terreno.

—Si lo hacemos así, correrá la sangre —dije—, pero primero deberíamos ver la propuesta del Sr. Pritts por escrito, lo que tiene en mente y cómo piensa lograrlo. Ése era Papá hablando. Papá siempre decía: "Muchacho, todo por escrito".

—La palabra de un caballero —apostilló Pritts gravemente—, debe ser suficiente.

Me levanté. No sabía que harían los otros, pero me traía sin cuidado. Este viejo santurrón pensaba apropiarse de la tierra donde la gente vivía hacía muchos años.

—Un hombre que habla de hacerse con la tierra a punto de pistolas —dije—, no puede calificarse de señor. Esa gente es tan americana ahora como usted y yo.

Me di la vuelta hacia la puerta. Cap Rountree me siguió. Tom Sunday titubeó, siendo un hombre demasiado cortés, pero nosotros cuatro trabajábamos y viajábamos juntos, y nos alcanzó. Orrin se retrasó un poco, pero vino.

Pritts vociferó tras nosotros, y le temblaba la voz de ira: —¡Recuerden esto: quien no está conmigo está en contra de mí! ¡Váyanse del pueblo y no regresen!

No éramos idiotas y sabíamos que los hombres

que estaban en el porche no estaban tejiendo calceta, de modo que cuando nos detuvimos, miramos en las cuatro direcciones.

—Sr. Pritts —dije—, tiene usted ideas muy grandes para una cabeza tan pequeña. Si nos causa problemas, tendremos que despacharlo al país de donde le echaron.

Vino tras nosotros, pero se detuvo a mitad de camino como si le hubiera asestado un golpe. En ese momento comprendí que lo que le había dicho era verdad... Alguien le había echado de alguna parte.

Era un tipo arrogante que se creía importante, y generalmente la gente así lo pensaba, pero ahora estaba enfadado. —¡Ya veremos! —gritó—. ¡Wilson, páralos!

Rountree estaba frente al primer hombre que pretendió levantarse de la silla. Era Wilson. Cap no tuvo misericordia. Le pegó un golpe a la cabeza con el cañón de su pistola y Wilson se arrugó rápidamente en la silla.

El hombre que Orrin tenía delante tenía un revolver de seis tiros apuntando a su vientre y yo estaba mirando por encima de mi pistola al propio Pritts.

—Sr. Pritts, le dije que usted quería apropiarse con pistolas de las propiedades donde ya vive gente. Ahora dígales a éstos que prosigan con lo que han empezado y acabará abatido en el piso en cuanto dé la orden.

Laura me miró con un odio que no había visto antes en el rostro de una mujer. Esta muchacha idealizaba a su padre y quien no lo viera así era un necio. El que se casara con ella sería siempre un segundón de Jonathan Pritts.

Pritts parecía que se había tragado un sapo. Miraba mi Navy Colt y sabía que no le estaba engañando. Y yo también lo sabía.

—Vale —dijo, ahogándose—. Pueden irse.

Caminamos hasta nuestros caballos en silencio y cuando estábamos montados Orrin me maldijo.

—Tye, eres un desgraciado. Te portaste mal. Le llamaste ladrón.

—Esas tierras pertenecen a Alvarado. Nosotros matamos a muchos de los Higgins por menos.

Esa noche dormí poco. Intentaba pensar si había actuado bien. Pero de cualquier forma que lo mirara, veía que había hecho lo correcto, y que mi cariño por Drusilla no tenía nada que ver. Y créanme que lo medité a fondo.

A la mañana siguiente vi a Fetterson salir del pueblo con una banda de cuarenta hombres. Wilson le acompañaba, pero el sombrero de Wilson no le encajaba bien por el chichón que tenía en la cabeza. Salieron del pueblo en dirección al nordeste.

Cuando habían transpuesto la última casa, un muchacho mexicano montado en un alazán fue a toda velocidad hacia las colinas como si le hubieran puesto un cohete de fiestas.

Me daba la impresión de que don Luis tenía su propia red de información y que estaría preparado para recibir a Fetterson. Montando a esa velocidad no llegaría muy lejos; lo probable era que le estuviera esperando el relevo en alguna parte. Don Luis tenía muchos hombres, muchos caballos y muy buenos amigos.

Orrin salió metiéndose la camisa entre los pantalones. Parecía un oso con dolor de muelas. —No tendrías que haber atacado así al Sr. Pritts.

—Si él fuera un hombre honrado, no lo hubiera hecho.

Orrin se sentó. Una cosa que podía decir de él es que era justo. —Tyrel —dijo por fin—, deberías pensar antes de hablar. Esa muchacha me gusta.

Bueno… me sentía despreciable y estaba decaído por haber ofendido a Orrin. En muchas cosas él era más inteligente que yo, pero en el tema de Pritts, estaba equivocado.

—Orrin, lo siento. Nunca hemos tenido mucho, pero siempre hemos sido honrados. Queremos una finca para Mamá. Pero no será la casa que quiere si se paga con sangre.

—Maldita sea, Tyrel…, tienes razón. Pero hubiera preferido que no hubieras sido tan duro con el Sr. Pritts.

—Lo siento. Fui yo, no tú. No eres responsable del hermano que tienes.

—Tyrel, no hables así. Si no hubiera sido por ti aquel día en Tennessee estaría diez pies bajo tierra. Lo sé perfectamente.

CAPÍTULO 7

ESTE TERRITORIO ERA salvaje, despiadado y tan vasto que producía un tipo de hombre diferente. El ganado que creció salvaje en Tejas eran reses de cuernos largos porque la tierra exigía un animal grande capaz de luchar y que pudiera pasar días sin beber agua. También por esto la tierra produjo un tipo de hombre valiente y duro que no se entendía con el hombre del este.

La mayoría de los hombres nunca descubren quiénes son. Tienen que enfrentarse a los problemas antes de conocerse a sí mismos. El tipo de hombre intrigante del este aquí no saldría adelante. Sobre todo en aquellos primeros años. Uno puede engañar a la gente en una multitud, pero no en un territorio tan poco poblado. No es que nosotros no tuviéramos tramposos y estafadores.

Jonathan Pritts era un tipo que confundía la libertad con el abuso, e imaginó que podía hacer cualquier cosa. Lo peor es que tenía una idea exagerada de sí mismo... su problema era que era un mezquino más que un gran hombre.

Depositamos nuestro dinero con la Express Company en Santa Fe, nos subimos a nuestros caballos y salimos al Purgatoire para juntar más ganado. Esta vez teníamos equipo. Dapple seguía siendo mi caballo, y no había uno mejor. Pero también ahora cada uno tenía cuatro caballos, y pensé que los míos me daban motivo para sentirme orgulloso.

El primero era un grullo salvaje ceniciento. A juzgar por sus trazas, debía de haber sido engendrado por una mula de Missouri cruzada con un puma irascible. Ese grullo era el caballo más taimado e inquieto que conocí, y se corcovaba como un reptil ante un nido de hormigas rojas. Por otro lado, podía cabalgar día y noche por cualquier terreno sin apenas forraje y agua. Lo apodé Sata, diminutivo de Satanás.

Había un potro, un caballo del desierto acostumbrado a la marcha dura, pero constante. Por muchos motivos era el caballo más fiable que tenía. Su nombre era Buck.

Kelly era un caballo grana grande con mucho fondo. Compré los cuatro caballos con mi propio dinero, aunque Sata fue casi un regalo, supongo que los dueños estarían felices de haberse librado de él.

La primera vez que monté a Sata tuvimos un tú a tú. Cuando lo desmonté estaba rabioso y me sangraba la nariz, pero lo monté hasta que quedó domado y desde entonces Sata supo quién era el amo.

El cuarto caballo se lo compré a un indio.

Habíamos pasado casi todo el día regateando con los españoles, y había un indio sentado a un costado, observando. Era un nez perce de Idaho o Montana.

Estuvo en el corral desde el amanecer y a mediodía aún no le había visto comer nada.

—Está usted muy lejos de casa —le dije mientras cortaba un pedazo de carne de mi almuerzo y se lo ofrecía.

Él me miró detenidamente hasta que por fin lo

aceptó. Comió despacio como quien no ha probado bocado en mucho tiempo y tiene el estómago encogido.

—¿Habla inglés?

—Sí.

Corté mi tajada por la mitad, se la ofrecí y comimos juntos. Cuando terminamos se puso de pie.

—Venga... ver caballo.

El caballo era un bello animal, color miel con manchas blancas moteadas de rojo, un ejemplar de caballo que llaman Appaloosa. Seco como su dueño, medía casi dieciséis manos. Parecía que este indio había venido de lejos con pocas raciones de comida.

Así que se lo cambié por mi rifle viejo (el día antes me había comprado un Henry calibre .44) y algo de comida. También le largué mi ruana vieja.

Llevábamos una semana fuera de Santa Fe cuando encontramos un lugar para acampar en la curva de un arroyo junto a unas piedras. Cuando lo habíamos fortificado, me mandaron a cazar algo porque proyectábamos vivir de lo que hubiera a mano y racionar lo que habíamos comprado.

Ese caballo de Montana sabía moverse. Marchaba derecho y era inteligente. Dejamos pasar un antílope porque, no importa lo que diga la gente, es la peor carne de los Rocky Mountains. Los expertos dicen que la mejor carne es la de puma. Lewis y Clark, Jim Bridger, Kit Carson, Tío Dick Wootton y Jim Baker... todos estaban de acuerdo en eso.

Por la mañana había un sol espléndido en las distantes colinas, cuyas sombras marcaban arrugas y pliegues en el paisaje que doraban las hojas de los álamos y hacían resplandecer las aguas del río... una alondra en el prado cantaba. Y el caballo de Montana y yo, disfrutando de lo que nos rodeaba. Recorrimos un antiguo sendero de ciervos hasta que las mesetas dieron paso a cumbres coronadas de pinos y laderas con junípero o piñón.

De repente vi un ciervo... y otro. Até el caballo de Montana y me acerqué con mi rifle.

Es fácil acercarse agazapadamente a los ciervos mientras comen si no metes ruido al caminar y no te dejas ver. Cuando los ciervos agachan la cabeza para comer, puedes aprovechar para aproximarte en sigilo. Cuando empiezan a mover el rabo, es que van a levantar la cabeza y hay que quedarse inmóvil. Aunque te miren un buen rato, si no te mueves, al poco el animal te tomará por un árbol o un tronco más y continuará comiendo.

Llegué silenciosamente hasta unas cincuenta yardas de un ciervo bien grande, levanté el rifle y le disparé detrás de la pata delantera izquierda. Había otro ciervo a mi izquierda. Cuando disparé al primero, giré en seguida el rifle y cuando el otro brincó, el tiro le atravesó el cuello y allí quedó.

En seguida descuarticé los dos ciervos, cargué las mejores piezas de carne dentro de las pieles y me monté al caballo de Montana. Abandonando la arboleda un par de millas más lejos, oteé a media docena de búfalos huyendo. Ningún búfalo corre sin motivo.

Refrenando al borde de los árboles sabía que seríamos difíciles de distinguir, porque el ruano por su color y yo por mi ropa de ante nos confundíamos bien con el paisaje. Nadie por este territorio le gusta llamar la atención si puede evitarlo.

A veces el primero que se mueve es el primero en

morir, así que esperé. El sol brillaba sobre la ladera. Mi caballo removió el terreno con la pezuña y movió la cola espantando algo. Una abeja zumbó cerca en las hojas de un arbusto.

Se acercaron nueve de ellos en fila india. Por la descripción que me había hecho Cap, eran utes. Salieron de entre los árboles y avanzaron en ángulo con la cuesta que tenía frente a mí.

En general prefiero quedarme en mi puesto y luchar desde allí, porque si sales huyendo tu espalda se convierte en una enorme diana. Sin embargo, unas veces hay que luchar y otras hay que escapar, y sabio es el que sabe elegir el momento preciso para cada caso.

Al principio me quedé quieto, pero como se aproximaban cada vez más, aunque no me vieran me olfatearían sus caballos. Si intentaba penetrar en la arboleda me escucharían.

Poniendo el rifle encima de mi montura, recé al ángel que protege a los necios y caminé unos treinta pasos antes de que me vieran. Uno de ellos debió de decir algo, porque todos miraron en mi dirección.

Los indios cometen errores como cualquiera. Si todos hubieran girado y cabalgado hacia mí, tendría que haber corrido a los matorrales y me hubieran cogido. Pero uno de ellos se puso nervioso y levantó el rifle y disparó.

Al ver que iba a disparar el rifle, espoleé al caballo de Montana y salí a toda velocidad, aunque justo antes de espolear al caballo, disparé. Había calculado el galope de mi caballo, disparé en el momento oportuno y acerté.

Mi tiro abatió, no al indio que me había disparado, sino al que montaba el mejor caballo. Mi bala salió un instante antes que la suya, que no dio en el blanco al brincar mi caballo.

Salimos a la velocidad del rayo. Allí no había nada que me interesara; sólo quería poner distancia.

Al acertar al primer indio me había interpuesto en su camino y ahora estaban ya detrás de mí. Pero a mi caballo tampoco le gustaban los utes. Echó las orejas hacia atrás, empinó la cola y salió disparado de allí como un conejo asustado.

Fallé mi siguiente tiro. Con el caballo de Montana galopando a toda velocidad como si se le hubiera olvidado algo en Santa Fe, no había oportunidad de acertar. Todos me perseguían disparando, y pensé que a menos que hiciera algo drástico me cazarían, así que me volteé y apunté con tino al ute más cercano. Ése venía cincuenta pies delante de los demás, y no sé cuál de mis tiros alcanzaría su caballo, porque disparé tres o cuatro veces.

El caballo cayó de costado armando una polvareda, y con él, el indio, que salió disparado por encima del animal a la hierba. Cuando pasé al indio al galope, le disparé.

Los otros se desconcertaron por un minuto, dando vueltas los unos contra los otros, mientras yo escapaba siguiendo el curso de un riachuelo hasta alcanzar la pradera.

Estábamos a unas ocho o diez millas del campamento, y no estaba dispuesto a conducir a estos utes hasta donde estaban mis amigos. Fue entonces cuando vi una hondonada de búfalos.

Frené casi en seco el caballo de Montana y nos ocultamos en la hondonada. Salté de la montura, empujé el lomo del caballo con mi hombro para que se tumbara también, pero ese caballo era despierto y se tumbó de lado como si estuviera entrenado... y así debía de ser, porque los nez perce usan los Appaloosas como caballos de guerra.

Me hinqué sobre una rodilla, afianzándome en la otra pierna, imaginé que el pecho del ute más próximo era el centro de una diana y apreté el gatillo.

Por un segundo pensé que había fallado, porque venía hacia mí, pero de repente su caballo se volteó violentamente y echó al ute, muerto, por tierra. Cuando giró, vi que el caballo tenía una mancha de sangre fresca en el costado.

Todavía hacía calor. Le di unas palmadas al caballo de Montana como diciéndole: "Tranquilo, chaval, ya nos arreglaremos".

Hizo una especie de relincho seco como si me hubiera entendido cada palabra.

De repente todo quedó quieto, como si no hubiera existido tiroteo ni hubieran caído varios utes. La ladera estaba desierta; los indios habían escapado rápidamente a algún cobijo. Yo me quedé quieto, sabiendo que podían ser mis últimos momentos; me agradaba sentir el calor del sol sobre la espalda, el olor a hierba seca y a polvo.

Tres utes yacían en la hierba y faltaban seis. Seis contra uno no parece equilibrado, pero no siempre depende de la cantidad. Si tienes coraje y piensas belicosamente, la superioridad a veces está en contra de los meros números. La superioridad numérica a veces te da una falsa confianza... y en materia de lucha ningún hombre debe confiar. Él mismo debe hacer lo que se tiene que hacer.

Tenía la cantimplora llena y me quedaban alguna comida en la alforja, carne fresca y munición suficiente.

Ellos intentarían acercarse por la pendiente que tenía detrás. Esa pendiente, a tan sólo un par de pies, me tapaba la vista de la cuesta lejana. Así que saqué mi cuchillo de caza y empecé a cavar una trinchera. La hoja tenía nueve pulgadas y era tan afilada que podías afeitarte con ella. Cavé más rápido que nunca en mi vida.

Sólo tardé unos minutos en tener una trinchera que me permitía observar la cuesta de atrás, y miré a mi alrededor justo a tiempo. Cuatro de ellos gateaban aprisa por la cuesta, agachados, hacia mí. Fallé el primer tiro... demasiado rápido. Pero se tiraron al suelo. Donde antes había indios, ahora la hierba se agitaba con el viento.

Estarían arrastrándose sobre el vientre, acercándose. Arriesgándome, brinqué. Al instante, vi un indio reptando y disparé, y me dejé caer de nuevo en la hondonada, cambiando de posición mientras varias balas se hundieron en el espacio que acababa de dejar. No podía repetir esa maniobra, porque ahora estarían al acecho.

En el cielo había serpentinas de nubes blancas. Me di la vuelta y me arrastré hasta la trinchera, y justo a tiempo. Un indio subía raudo la cuesta por detrás, agachado. Dejé que se aproximara. Era hora de que acortara la desigualdad numérica, así que apunté el rifle y con la otra mano solté el Colt de la cartuchera por si se acercaba más de uno al mismo tiempo. Ese ute iba a alcanzarme en su próximo intento.

Algunos permanecían en el suelo, pero desconfié de que más de uno estuviera muerto. No iba a cantar victoria hasta que no contara los cueros cabelludos.

Pasaron los minutos. El sudor me resbalaba por la cara y el cuello. Podía oler la mezcla de sudor y polvo caliente en mi propio cuerpo. En algún sitio un águila graznaba. El sudor y el polvo me picaban. Cuando un tábano grande picó a Montana, mi palmada se escuchó estridente en la caliente quietud.

La gente del este puede denominar esto una aventura, pero una cosa es leerla en una cómoda silla con un refresco al lado, y otra cosa estar tirado sobre las tripas en el polvo caliente con cuatro o cinco indios subiendo la cuesta pensando en matarte.

Un saltamontes saltó sobre la hierba a quince yardas abajo de la cuesta, y en seguida volvió a saltar, escapando del lugar. Fue suficiente advertencia. Alcé el rifle y lo sostuve sobre el sitio para disparar rápido, entonces decidí mirar por encima del hombro. En ese mismo instante un ute salió de la hierba como si le hubiera picado una avispa.

Mi sospecha era acertada. Corrió hacia donde el saltamontes se había parado. Tenía la mira en medio de su pecho y apreté el gatillo; se desplomó como un fardo ante mi vista.

Detrás de mí sonaron pasos sobre la hierba seca y rondándome, empuñé el Colt y disparé dos veces antes de sentir el golpe de la bala de uno de ellos. Los utes se largaron y me quedé solo con el hombro izquierdo entumeciendo y la sangre manando lentamente.

Al salir de la trinchera sentí desmayarme. La bala me había atravesado el hombro y tenía la paletilla izquierda empapada de sangre. Rasgué el pañuelo del cuello y tapé la herida por ambos lados. Comprendí que tenía un verdadero problema.

Luchando contra el calor que me asfixiaba y el vértigo súbito, cargué de nuevo mis armas, destapé mi cantimplora y me enjuagué la boca. El agua estaba tibia y salobre.

La cabeza empezó a darme punzadas y me costaba verdadero esfuerzo pestañear. El olor a sudor y a hierba seca cada vez era más fuerte, y sobre mí el cielo rechinaba y quemaba como latón ardiente. En la distancia se acercaba un buitre.

De repente odié los olores, el calor, el buitre que hacía círculos pacientemente. Podía permitirse el lujo porque sabía que la mayoría de los animales acaban muriendo.

Arrastrándome hasta el borde de la hondonada de búfalos, mis ojos inspeccionaron el terreno que tenía por delante, sobre el que flotaban olas de calor. Intenté tragar y no pude, y Tennessee y sus serenas colinas parecían quedar muy lejos.

Delirando, vi a mi madre mecerse en su vieja silla y a Orrin llegando del arroyo con un cubo de madera lleno de agua fría.

Tirado en aquel agujero polvoriento en una ladera caliente de Colorado, con un balazo en el cuerpo y rodeado de utes que esperaban terminar su trabajo, de repente recordé qué día era.

Había pasado una hora... ¿o habían sido más? Tenía que haber pasado por lo menos una hora desde el último ataque. Como las aves de rapiña, lo único que necesitaban estos utes era tiempo, y ¿qué es el tiempo para un indio?

Hoy era mi cumpleaños... cumplía diecinueve años.

CAPÍTULO 8

SOMBRAS LARGAS YA se habían extendido entre los pinos antes de que bebiera mi siguiente trago de agua. Aunque le había enjuagado la boca al caballo de Montana dos veces, cada vez estaba más inquieto y era más difícil de controlar.

No pude ni dar una cabezada ni apartar la vista un minuto del paisaje porque sabía que ellos seguían allí y era probable que supieran que estaba herido. El hombro me dolía salvajemente. Y aunque quisiera huir, el caballo de Montana estaría demasiado entumecido de estar echado tanto rato.

Fue en ese momento cuando vi aproximarse por la cuesta a todo el equipo. Cabalgaron derechos hasta la hondonada de búfalos, audaces, y quedaron sentados encima de sus caballos sonriéndome; nunca me alegró tanto ver a alguien.

—Habéis llegado justo para tomar el té —bromeé—, sólo tenéis que acercar las sillas. Ya he puesto el agua a calentar y estará lista en cualquier momento.

—Está delirando —dijo sonriendo como un mono Tom Sunday—. Se le ha ido la cabeza.

—Es el calor —aseguró Orrin—. Por la forma que se ha acorazado, uno pensaría que ha estado luchando contra los indios.

—Alucinaciones —agregó Rountree—, un caso claro de enfermedad de la pradera.

—Si cualquiera de ustedes descabalgara —sugerí—, le daría una paliza hasta que se le cayera el pelo, y con una sola mano. ¿Dónde habéis estado? ¿Contando historias en la sombra?

—¡Nos pregunta dónde hemos estado! —exclamó Sunday—. Y él sentadito tranquilamente en un sitio fresco mientras nosotros trabajamos sin parar.

Rountree se marchó a explorar los alrededores, y cuando regresó dijo: —Parece que has tenido una fiesta. Por la sangre en el pasto te cargaste a dos, por lo menos.

—Deberías ir sobre mis pasos. —Me sentía molesto como un bebé que le quitan el caramelo—. Si no anoté cinco de nueve utes, invito a los tragos.

—Cuando llegábamos sólo vimos escapar a tres —afirmó Sunday.

Agarré el asidero de la montura y me senté en ella; por primera vez desde que vi a esos utes, podía pensar en el día de mañana.

Durante los próximos tres días fui cocinero, resultado de tener un hombro herido en un equipo de vaqueros. Cap tenía buena mano para curar heridas y preparó una cataplasma de hierbas que me pegó al hombro. Me limpiaba la herida atravesándola con el astil de una flecha recubierta de una tela empapada de güisqui, y si piensan que no duele, hagan la prueba.

Al quinto día volví a mi montura, pero evité a Sata, pensando que sería demasiado, sintiéndome como me sentía. Así que desgasté a Dapple y a Buck, y terminé montando el caballo de Montana, que se estaba volviendo un verdadero caballo de juntar ganado.

Esta comarca era más árida que la anterior. Registramos las fallas y conducimos el ganado a un primitivo corral. Era un trabajo agotador, duro, que te hacía maldecir, créanlo. En distintos lugares encontramos algunas reses marcadas con hierro que habían salido en estampida de algún sendero al este o habían ahuyentado los indios.

—Esta vez deberíamos probar en Abilene —sugerí a los otros—. El precio será mejor. Tuvimos mucha suerte en Santa Fe.

Empezamos con setecientas cabezas de ganado, y cuatro hombres pueden ocuparse de todas esas reses si trabajan como perros y tienen suerte.

Como anteriormente, las dejamos pastar mientras nos movíamos. Queríamos que estuvieran bien gordas cuando llegara el momento de venderlas. En ese cañón se habían calmado bastante, teniendo mucho pasto, agua suficiente y poco más que hacer que comer y descansar.

A la noche siguiente de salir del Purgatoire nos acostamos después de un largo paseo. El ganado estaba agotado. Al rato Orrin se acercó a mi lado.

—Tyrel, me gustaría que Laura y tú os llevarais mejor.

—Orrin, si a ti te gusta, eso es lo que importa. No puedo ser diferente de lo que soy, y hay algo en ella que no veo claro. En mi opinión, Orrin, siempre estarías en un segundo plano después de su viejo.

—Eso no es verdad —contestó, pero sin mucha convicción.

Al rato volvimos a encontrarnos y nos paramos juntos. —Mamá cada vez está más mayor —dijo—, y ya hace un año que nos fuimos.

Excepto un coyote que parecía conversar con las estrellas, nada más se movía.

—Si vendemos esta manada tendremos más dinero que cualquier Sackett, y creo que deberíamos contratar una cuadrilla y tener nuestro propio rancho. También deberíamos adquirir otros conocimientos. Orrin, tú sobre todo puedes llegar muy lejos.

Los pensamientos de Orrin vagaron unos instantes para unirse en alguna parte de su destino.

—Lo he estado pensando —dijo.

—Orrin, tienes facilidad de palabra. Podrías ser gobernador.

—No tengo preparación académica.

—Davy Crockett fue al Congreso. Andrew Johnson aprendió a leer y a escribir gracies a su esposa. Supongo que lograremos aprender a leer y escribir también. ¡Demonios, hombre, si los jovenzuelos pueden aprender, nosotros lo tendremos fácil! Deberías estudiar leyes. Tienes todas las de ganar con esa boquita de Gales que tienes.

Cabalgamos por Dodge hasta Abilene. Ese pueblo se había extendido por toda la pradera, y había cantinas por todas partes, abiertas las veinticuatro horas y siempre abarrotadas.

Miraras por donde miraras había manadas de ganado de Tejas. —Vinimos al mercado equivocado —dijo Cap secamente—; deberíamos haberlas vendido en Dodge.

Juntamos la manada en un círculo compacto, y se nos acercaron varios jinetes. Dos de ellos parecían compradores y los otro dos parecían buscapleitos. Orrin habló con los primeros dos, Charlie English y Rosie Rosenbaum. Rosenbaum era un hombre rechoncho de ojos azules apacibles, y por la forma en que miraba el ganado se notaba que entendía de ello.

—¿Cuántas cabezas tienen? —preguntó a Orrin.

—Setecientas cuarenta desde anoche —contestó Orrin—, y queremos un acuerdo rápido.

Los otros dos habían estado estudiando la manada y evaluándonos.

—Seguro que lo quieren —dijo uno de ellos—; es ganado robado.

Orrin apenas lo miró. —Me llamo Orrin Sackett, y no he robado nada nunca en mi vida. —Hizo una pausa—. Y tampoco me he dejado robar.

La cara del hombre palideció. —En esa manada tenéis ganado del rancho Two-Bar —dijo—. Soy Ernie Webb, el capataz del Two-Bar.

—Hay vacas del Two-Bar en la manada, y las agarramos en Colorado junto a mucho otro ganado salvaje. Si las quiere, vaya por su jefe y llegaremos a un acuerdo, pero tendrá que pagar por la recogida y el manejo.

—No necesito al jefe —contestó Webb—; sé ocuparme de mis propios asuntos.

—Un momento —intervino Rosenbaum sosegadamente—. No hay necesidad de nada de esto. Sackett está siendo razonable. Traiga a su jefe y cuando lleguen a un acuerdo, compraré la manada.

—No se meta donde no le incumbe. —Webb miraba fijamente a Orrin, con una mirada fulminadora—. Esta manada es robada y nos la vamos a llevar.

Un par de jinetes con muy mal aspecto se nos habían ido aproximando como el que no quiere. Sabía lo que se traían entre manos.

Desde donde estaba sentado, Webb y su acólito no me podían ver porque Sunday estaba por medio. A Orrin no lo conocían, pero ambos me habían visto aquel día en las llanuras al este de Kansas.

—Cap —dije—, si las quieren, dejemos que se las lleven.

—Tom —llevé mi caballo hasta Sunday, lo que me permitió flanquear a Webb y a su compinche—, este hombre puede haber sido capataz de Two-Bar en cierta época, pero también montó con Back Rand.

Cap bajó de la silla e interpuso su caballo delante de los jinetes que se acercaban. Tenía el rifle encima de la silla de montar. —Muchachos, podéis comprar la manada —dijo Cap—, pero os costará.

Los jinetes pararon.

Rosenbaum estaba justo en medio de por donde podían volar muchas balas, pero no parecía importarle. Para un hombre sin interés en el trato, tenía valor.

Webb se volvió para mirarme, y Orrin continuó como si no le hubieran interrumpido. —Sr. Rosenbaum, puede comprar el ganado y contabilizar los que estén marcados. Creo que coincidirán con los de nuestros libros, y depositaremos una fianza por su valor y llegaremos a un acuerdo con cualquier propietario legítimo, pero nadie nos va a quitar el ganado.

Ernie Webb había escuchado el plan más claro que el agua y ahora le tocaba decidir. Si quería jugar un rato había escogido cuatro hombres que estaban listos para hacerlo.

—Ese chico es un voceras —dijo Webb—; algún día alguien le va a dar una buena paliza y le sobarán los hocicos.

—Inténtelo —invitó Orrin—. Puedes luchar con cualquiera de nosotros, pero ese chiquillo te despedirá de tu montura.

Vendimos la manada a treinta y dos dólares por

cabeza, y Rosenbaum nos confesó que era la manada mejor alimentada que había visto en Abilene ese año. Nuestra manada había pastado donde no lo había hecho ninguna otra y además había tenido agua suficiente. Habíamos terminado nuestro segundo recorrido con suerte y todos comprendimos que la suerte había tocado fondo.

Cuando cobramos el dinero en efectivo nos aseamos con trajes de paño negro, camisas blancas y sombreros nuevos. Estábamos más que satisfechos y no concebíamos algo mejor de lo que teníamos.

Big John Ryan vino para hablar de ganado. —¿Sois del equipo Sackett?

—Sí, lo somos.

—¿Escuché que tenéis ganado del rancho Tumblin' R en la manada?

—Sí, señor. Por favor, siéntese —le dijo Orrin y le contó todo—. Siete cabezas, incluyendo un novillo castrado y con un cuerno reventado.

—¿Todavía vive ese viejo diablo? Casi me cuesta la manada un par de veces, y si lo hubiera acorralado lo habría matado. Huía a la más mínima y arrastraba en tropel a toda la manada tras él.

—Señor Ryan, le debemos dinero. A treinta y dos dólares por cabeza, serían...

—Olvídense de eso. ¡Demonios... alguien con el empuje suficiente para juntar a todas esas vacas y traerlas hasta aquí desde Colorado merece guardarlas! Además, acabo de vender dos manadas de casi seis mil cabezas... no me voy a arruinar por siete reses.

Pidió un trago. —De hecho, quería hablar con ustedes para que me llevaran la manada a través del Bozeman Trail.

Orrin me miraba. —Tom Sunday es el mejor vaquero de todos. Orrin y yo queremos buscar nuestro propio rancho.

—No puedo luchar contra eso. Mi recorrido empezará en el Nueces y continuará hasta el Musselshell en Montana. Sunday, ¿qué opinas?

—No me interesa. Pienso seguir a los muchachos.

Yo estaba allí sentado con casi seis mil dólares y otros mil en Santa Fe, y estaba asustado. Era la primera vez en mi vida que tenía algo que perder.

Mi punto de vista era que a menos que un hombre tuviera claro adónde se dirigía no llegaría a ningún lugar. Queríamos comprarle una casa a Mamá, y un rancho, y también queríamos estudiar lo suficiente para podernos enfrentar al futuro. Era hora de pensar en serio.

Nos interrumpió una voz. —¿No eres Tyrel Sackett?

Era el gerente de Drovers' Cottage. —Tienes una carta.

—¿Una carta? —lo miré como un estúpido. Nadie me había escrito una carta nunca.

Quizás Mamá... estaba asustado. ¿Quién me iba a escribir?

Parecía la letra de una mujer. Abrí cuidadosamente la carta. Me atemorizaba.

Lo peor es que la carta estaba escrita a mano con unos garabatos difíciles de entender y tardé tiempo en comprenderla. Pero me mojé mis labios con la lengua, afiancé las botas y me puse a trabajar, pensando que un hombre que podía conducir ganado sería capaz de leer una carta si se pusiera a ello.

Lo primero era el pueblo: Santa Fe. Y la fecha. La

había escrito sólo una semana después de irnos de Santa Fe.

"*Estimado Sr. Sackett:*"

¡Vaya! ¿Quién me estaba llamando señor? Siempre me llamaron Tyrel, o Tye, o Sackett.

La carta estaba firmada "*Drusilla*".

En aquel momento empecé a sentir calor como se me calentaba el cuello y las orejas, y miré rápidamente a mi alrededor para ver si alguien se había dado cuenta. Nunca vi tanta gente sin prestar atención a nadie.

Se habían enterado de que había estado en Santa Fe y se preguntaban por qué no los había visitado. Habían tenido problemas con unos tipos que intentaron arrebatarles el rancho, pero los tipos se habían ido. Todos menos cuatro, a los que enterraron. Y después su abuelo había ido al pueblo a ver a Jonathan Pritts. En mi mente veía a los dos viejos enfrentándose, y hubiera sido un espectáculo, pero yo estaba de parte del don. Terminaba invitándome a visitarlos la próxima vez que fuera a Santa Fe.

El tiempo se le escapa al hombre sin que se dé cuenta. Un hombre que no pudiera leer libros nunca llegaría a nada. Todo el mundo se pasaba el día hablando de lo que habían leído, de lo que estaba pasando, pero para mí, que tenía que aprender escuchando, nada tenía sentido. Cuando alguien aprende escuchando, nunca está seguro si está escuchando la verdad o no.

Había un periódico sin dueño y lo cogí; tardé tres días en mal leer sus cuatro páginas.

Llegó al pueblo un vendedor ambulante, y fui a verle con la idea de comprar otra pistola. Le compré el revólver, y algunas cajas de munición, pero cuando vi algunos libros en su carro, los compré sin mirar.

—¿No quiere saber de qué tratan?

—Señor, no es asunto de su incumbencia. De todos modos, no sabría distinguir uno de otro. Me imaginé que si los estudiara aprendería. Practicaría con ellos.

Tenía aspecto de ser un hombre que sabía leer y escribir. —No le recomendaría estos libros a un principiante, pero puede sacarles provecho.

Le compré seis libros y me los llevé.

Noche tras noche me sentaba cerca de la hoguera del campamento a leerlos, y Tom Sunday me ayudó mucho explicándome el sentido de las palabras. Lo primero que me sorprendió fue comprobar que puedes aprender mucho sobre tu propio estilo de vida de un libro. Uno de esos libros, cuyo autor era un militar del ejército, un tal capitán Randolph Marcy, servía de guía para la gente que viajaba hacia el oeste en carros. Decía muchas cosas que yo ya sabía, y muchas otras que no conocía.

Cap Rountree actuaba como si le molestaran los libros. —Necesitaremos otro caballo de carga para llevar todo ese peso de papel. Es la primera vez que veo a un tipo ir cargado con libros por el sendero.

CAPÍTULO 9

SANTA FE REPOSABA perezosa bajo el sol cuando entramos cabalgando en el pueblo. Aunque no lo pareciera, yo sentía que sí había cambiado. Drusilla vivía aquí, y esta vez visitaría su casa. Nunca antes había visitado a una muchacha.

La carta de Drusilla era mi secreto y no tenía intención de contárselo a nadie, ni siquiera al propio Orrin.

No contesté la carta de Drusilla porque no sé escribir, y si lo hubiera hecho las letras no me hubieran quedado demasiado bien —y bueno, no estaba bien que un hombre escribiera con letra de niño.

Lo primero que quería hacer cuando llegáramos a Santa Fe era ver a Drusilla, así que cepillé y planché mi traje de paño fino. A última hora de la tarde cabalgué hasta el rancho. Miguel holgazaneaba en la verja con un rifle en las rodillas.

—¡Señor! ¡Qué bueno verlo! ¡La señorita me pregunta todos los días si lo he visto!

—¿Está ella aquí?

—Señor, qué bien que haya regresado. Es bueno para ellos, y para nosotros también —dijo, señalando a la puerta.

La casa tenía un patio interior y paredes de adobe de quince pies de altura. Había un pasillo voladizo por todo el interior, casi pegado al tejado, y puestos para disparar para por lo menos treinta hombres.

Don Luis estaba sentado trabajando en su escritorio. Se levantó. —Buenas tardes, señor. Qué placer verle. ¿Tuvieron éxito sus negocios?

Me senté y le conté sobre nuestro viaje. Algunas reses eran de su hierro y le habíamos guardado el dinero, que le entregué.

—Estamos teniendo muchos problemas —dijo don Luis—. Y me temo que sólo es el principio.

Me daba la impresión de que había envejecido mucho desde la última vez que lo había visto. De repente sentí mucho afecto por ese hombre viejo y firme de bigote blanco.

Recostándose en su silla, me contó el proceder de la banda de Pritts. Cuarenta de ellos se habían instalado en terrenos llanos dentro de la Concesión y habían reclamado sus propias tierras, y después se habían atrincherado listos para luchar. Conociendo la madera de sus contrincantes, don Luis había contenido a sus vaqueros.

—Señor, hay muchos tipos de victorias, y no todas implican violencia. Si luchamos perderé a algunos de mis hombres y otros acabarán heridos. Es algo que deseo evitar.

Estuvieron vigilando a la pandilla y notaron que cuando Pritts y Fetterson volvieron a Santa Fe por negocios, aparecieron varias botellas de alcohol, y para medianoche todo el campamento estaba borracho. Don Luis estaba en las inmediaciones, pero detuvo a sus vaqueros, que estaban ávidos de lucha.

A las tres de la mañana, cuando todos dormían ebrios, don Luis y sus hombres actuaron con rapidez.

Los ataron todos a sus caballos y los echaron camino de Santa Fe. Quemaron sus tiendas y con ellas los aparejos que no les interesaron y les devolvieron las armas descargadas. Estaban a mitad de camino cuando varios jinetes que regresaban de Mora se enfrentaron a los vaqueros. Mataron a balazos a cuatro e hirieron a otros. Dos hombres de don Luis acabaron heridos, pero ninguno gravemente.

—La ventaja era nuestra —explicó don Luis—, pero Jonathan Pritts es un hombre muy avispado y se está haciendo amigos; no está acostumbrado a perder sin vengarse. Es difícil —agregó— llevar a cabo un plan con la clase de tipos que ha contratado. Son pendencieros y malos.

—¿Don Luis —dije—, me da su permiso para ver a Drusilla?

Se levantó. —Claro que sí, señor. Me temo que si le rehusara el privilegio, tendría otra guerra entre manos para la que estoy menos preparado.

—Nosotros en Nuevo México —agregó— hemos estado más unidos a su gente que a la nuestra. México, D.F., queda muy lejos, así que siempre hemos comerciado con ustedes, y nuestras costumbres están influenciadas por las suyas. Mi familia reprocharía nuestra forma de actuar, pero en la frontera no hay tiempo para formalidades.

De pie derecho en la sala de esta admirable casa española antigua, me sentía envarado con mi nueva ropa. En Abilene me había acostumbrado a ella, pero ahora que iba a ver a Drusilla de nuevo me sentí torpe.

Podía escuchar su taconear sobre las losas de piedra, y me volví para mirar hacia la puerta; el corazón me palpitaba, se me secó la boca y casi no podía tragar.

Ella se paró en la puerta mirándome. Era más alta de lo que recordaba, y tenía los ojos más grandes. Era bonita, demasiado bonita para un hombre como yo.

—Pensé que se había olvidado de nosotros —dijo—, no contestó mi carta.

Cambié el sombrero de mano. —Pensé que yo llegaría antes que la carta, y además no sé escribir bien a mano.

Una india entró con café y unos pasteles y nos sentamos. Drusilla estaba erguida en la silla, con las manos en el regazo, y pensé que ella estaba tan avergonzada como yo.

—Señora, nunca antes visité a una muchacha. Creo que soy bastante torpe.

De repente se rió. —Y yo nunca he recibido a un joven —dijo.

Después no tuvimos más apuros. Nos relajamos y le conté sobre nuestro viaje, cómo habíamos juntado ganado salvaje y mi enfrentamiento contra los indios.

—Es usted muy valiente.

Bueno, me gustó que pensara eso de mí, pero en lo único que había pensado en aquellos momentos era en conservar el pellejo y que no me hirieran de bala, y recordé que había pasado apuros para salir de allí.

No tengo nada contra un hombre asustado si hace lo que tiene que hacer... estar asustado puede evitar que lo maten y, a menudo, lo hace más valiente.

Estábamos sentados en esa espaciosa y fresca habitación con muebles oscuros y sólidos y suelos de mosaico y me sentía muy bien. Nunca había visto una casa así, y parecía muy grande y lujosa.

Dru estaba angustiada por su abuelo. —Tyrel, está

envejeciendo, y estoy muy preocupada por él. No duerme bien, y a veces escucho sus pasos toda la noche.

Torres me esperaba cuando fui a recoger mi caballo una hora más tarde. —Señor —dijo solícito—, don Luis y la señorita le aprecian. Nuestra gente también le estima.

Me estudió cuidadosamente. —El señor Pritts nos odia y está haciendo amistades entre su gente. Gasta mucho dinero. Creo que está dispuesto a quitarnos todo.

—No mientras yo viva.

—Necesitamos un alguacil en este territorio, un hombre que garantice la justicia —dijo, mirándome fijamente—. Lo único que pedimos es justicia.

—Tiene usted razón. Nos hace falta un alguacil.

—El don cada día está más viejo y no sabe qué hacer, pero yo he estado con él toda mi vida, señor, y creo que luchar no será suficiente. Debemos hacer algo más, como harían ustedes. Señor, todavía hay más mexicanos que americanos. Quizás si hubiera unas elecciones…

—Juan, un alguacil mexicano no sería buena idea. Los americanos no lo reconocerían. Por lo menos los que siguen a Pritts.

—Lo sé, señor. Ya hablaremos de esto en otra oportunidad.

———

CUANDO ENTRÉ EN La Fonda esa noche Ollie Shaddock estaba en la barra tomándose un trago. Era un tipo corpulento con una mota de pelo rubio y una cara ancha y risueña.

—Tómate algo —dijo—, dimití de alguacil para traer a tu madre y a los muchachos al oeste.

—¿Trajiste a Mamá?

—Así es. Orrin está con ella ahora mismo.

Me llenó el vaso con la botella. —No me veas como alguacil. Hiciste bien en matar a Long. Debería haberte detenido, pero la ley te hubiera soltado. Te estaba apuntando cuando lo mataste.

No volvimos a hablar del tema. Estaba bien tener a Ollie Shaddock entre nosotros, y tenía una deuda con él por traer a Mamá hasta aquí. Estaba ansioso por verla, pero Ollie tramaba algo.

—La gente dice buenas cosas de ti.

—Orrin es el que cae bien.

—Tyrel, ¿sabes una cosa? He estado pensando en Orrin desde que llegué aquí. Debería postularse para algún cargo oficial.

Parecía que había mucha gente interesada en postularse para cargos públicos. Este era un nuevo territorio y necesitaba justicia. —Lo tiene en mente —contesté.

—He estado en ello toda la vida. A los diecisiete años ya era ayudante de alguacil, alguacil a los diecinueve, juez de paz a los veinticuatro y serví en la legislatura del estado antes de cumplir los treinta. Y de nuevo fui alguacil.

—Lo sé.

—Orrin me parece que podría conseguir votos. La gente lo aprecia. Habla bien, y con un poco más de instrucción podría llegar muy lejos si lo organizamos bien.

—¿Nosotros?

—Tyrel, la política no es muy distinta de esos icebergs de los que has oído hablar. La mayoría de lo que ocurre está bajo la superficie. No importa en lo más mínimo que un hombre sea bueno, o lo buenas que sean sus ideas, o incluso si es honrado, si no puede hablar de lo que hará si lo eligen. Esa es la política.

—La habilidad en política es tener un 10 por ciento de buenas ideas, y el 90 por ciento restante radica en que voten por ti. Sé que puedo conseguir que elijan a un hombre, y Orrin es nuestro hombre. Tú también puedes ser una gran ventaja para él.

—No atraigo a la gente.

—Puedes que tengas razón, pero veo que caes bien a la mayoría de los mexicanos. Saben que Orrin y tú rechazasteis a Pritts cuando os invitó a que se unieran a sus vaqueros, y los vaqueros del rancho de Alvarado han estado hablando de ti con mucho aprecio.

Se rió entre dientes. —Parece que también le caes bien a las damas. Me dicen que en una tarde las divertiste más que en todos sus años de vida.

—¡Un momento! —sentía que se me enrojecían las orejas.

—No te molestes. La gente disfrutó, y les caes bien. No me preguntes por qué.

—Parece que te has enterado de muchas cosas desde que llegaste.

—Cada hombre a su trabajo; el mío es la política. Lo más importante es escuchar. Conocer los problemas, las personalidades, dónde están los votos, dónde están los resentimientos.

Ollie Shaddock probó el güisqui y descansó el vaso en la barra. —Tyrel, amenazan problemas y vendrán del equipo de Pritts. Es una banda violenta con tipos que un día se emborracharán y habrá tiros. Se organizará una gresca por lo menos.

—¿Y?

—Tenemos que ir hasta allí. Tú, Orrin y yo. Cuando llegue el problema, Orrin tendrá que lidiarlo.

—Él no es ningún funcionario.

—Yo me ocupo de eso. Cuando ocurra, la gente reclamará que alguien tome las riendas. Y ahí entra rá Orrin.

Tiró el güisqui. —Mira..., Pritts quiere a Torres muerto, y a otros tipos importantes. Cuando empiece el tiroteo, algunos de esos cuatreros y ladrones de pieles irán demasiado lejos.

—Orrin interviene. Él es americano, y todos los americanos decentes le apoyarán. Tú tienes que convencer a los mexicanos de que Orrin es su hombre. Entonces conseguimos que elijan a Orrin de alguacil, presentamos su candidatura a *sheriff* y empezamos a pensar en la legislatura.

Ollie tenía razón, y era increíble lo rápidamente que había pintado la situación, con sólo llevar aquí unas semanas. Orrin era el hombre perfecto para esto. O Tom Sunday.

—¿Qué te parece Tom Sunday?

—Él piensa que es el candidato perfecto. Pero Tom Sunday no sabe hablar con la gente como lo hace Orrin. No puede bajarse de donde se cree y hacerse amigo de todo el mundo como lo hace Orrin. Orrin aprecia a la gente y ellos lo sienten... cómo tú, que aprecias a los mexicanos y ellos lo saben. De todos modos —agregó—, Orrin es uno de los nuestros. Y no tenemos que mentir.

—¿Mentirías?

Ollie se avergonzó. —Tyrel, la política es la política, y en política uno quiere ganar. Así que te proteges un poco.

—Cualquier cosa que hagamos tiene que ser con honradez —dije—. Mira, no soy ningún santo. Pero puedo conseguir todo en la vida sin mentir ni engañar. Mamá nos crió de esta manera, y me alegro de ello.

—Bien, la honestidad es un valor en la política, y cuando uno es honrado se sabe. ¿Qué opinas de Orrin?

—Creo que es el hombre adecuado.

Cuando salí de allí para ir a ver a Mamá, empecé a pensar en Tom Sunday. Tom era nuestro amigo, y a Tom no le iba a gustar esto. Le tenía envidia a Orrin. Tom tenía mejor educación, pero la gente le prestaba más atención a Orrin.

Mamá había envejecido... estaba sentada en su vieja mecedora, que Ollie había transportado al oeste en su carro, y se cubría las rodillas con su viejo mantón. Cuando me acerqué a ella, chupaba su vieja pipa y me miró de arriba abajo muy seria.

—Estás fuerte. Tu papá estaría orgulloso de ti.

Nos quedamos allí charlando de las montañas de casa y de la gente que conocíamos y le conté algunos de nuestros planes. Pensando en lo dura que había sido su vida, quería hacer algo por ella y por los muchachos. Bob tenía diecisiete años y Joe quince.

Mamá no necesitaba mucho, pero le gustaba estar rodeada de flores y de árboles. Le gustaba ver el césped del prado mecerse por el viento y oír la lluvia mansa caer sobre su tejado. Un buen fuego, su mecedora, una casa propia y tener a sus muchachos cerca.

Ollie Shaddock no perdió tiempo y fue a galope hasta Mora. Estaba planeando comprar un local, una taberna, o algo de ese estilo donde la gente pudiera congregarse. En aquellos tiempos la taberna servía de sede oficial, y generalmente era la única.

De los libros que había comprado, primero leí las guías de Marcy, y después la historia de *El cazador de ciervos*. Era una historia bastante buena. Después leí el libro de Washington Irving sobre un viaje por las praderas, y ahora estaba leyendo *Comercio en las praderas*, de Gregg.

Leer estos libros me permitía expresarme mejor y con ellos ver lo que Irving o Gregg habían visto. Era muy interesante.

Orrin y yo fuimos hasta las colinas para buscar un lugar para construir una casa. Sata estaba alegre y me dio una buena galopada, pero me imaginé que el viaje lo agotaría un poco. A ese endemoniado caballo le gustaba doblar el lomo y meter la cabeza entre las patas.

Cabalgamos hablando de tierras, ganado y política y disfrutando el día. Este paisaje era bien distinto de las montañas verdes y azules de Tennessee, pero el aire era increíblemente puro, y nunca había visto tierra más bella. Las montañas nos rodeaban, afiladas y límpidas contra el cielo, y mayormente cubiertas de pinos.

Sata se había sosegado. Trotaba de frente como si quisiera ir a alguna parte, pero en seguida empecé a sentir algo que no me gustó.

A veces uno capta sonidos o siente cosas imperceptibles a la vista, pero que quedan en los sentidos. Quizás eso sea el instinto o la conciencia que desarrollas cuando estás en un sitio peligroso. Una cosa que sé es: los sentidos perciben sonidos por encima y por debajo de los niveles normales de audición.

De repente nos llegó un débil olor de polvo en el aire. No había viento, pero había polvo.

Condujimos los caballos adelante y me fijé en las orejas de Sata. Vi que las tenía erguidas, propio de los caballos que han vivido salvajes, y supe que él también estaba consciente de algo.

Tuve una sensación visual extraña, y arrimé el caballo a un arbusto cuyas ramas estaban descortezadas. Había huellas de caballos en la tierra alrededor del arbusto.

—Tyrel, tres o cuatro, ¿no crees?

—Cinco. Ésta es distinta. Los caballos deben haber estado parados aquí casi dos horas. Luego llegó el quinto jinete, que ni se detuvo ni desmontó.

Había varias colillas junto a donde habían atado los caballos, y el resto de un puro.

Inesperadamente estábamos más al norte de lo que habíamos planeado y de repente se me ocurrió.

—Orrin, estamos en la Concesión de Alvarado.

Miró a su alrededor, estudió el sendero a nuestra espalda y dijo: —Creo que es Torres. Alguien le está esperando.

Paseó su caballo mientras estudiaba las huellas. Uno de los caballos tenía las pezuñas pequeñas y un paso ligero. Los dos conocíamos esas huellas. Un hombre que entiende los signos puede leer una huella tal como el banquero lee una firma. Ese caballo de casco pequeño y paso ligero, y que andaba de lado, era el caballo de exhibición de Reed Carney.

Daba igual quienes eran los otros. Lo más probable

era que Reed Carney se hubiera juntado con Fetterson y Pritts, y habían esperado allí hasta que llegó el
quinto jinete a recogerlos. Eso podía significar que
fuera un guardián, vigilando al hombre que iban a
matar.

La verdad era que estábamos imaginando demasiado. Quizás. Pero no había motivo para que fuera
hasta allí toda una cuadrilla... no en esos días.

Orrin desenfundó su Winchester.

Había pinares alrededor y el sendero subía empinado a través de los árboles. Cuando nos detuvimos
de nuevo, estábamos muy arriba y el aire era tan limpio que podías ver muchas millas a la redonda. El límite
estaba delante, no muy lejos.

Entonces los vimos.

Cuatro jinetes, y abajo de la cuesta el quinto, ins-
peccionando. Y allá en el valle, una nube de polvo
que parecía ser el blanco que esperaban.

Los hombres estaban debajo de nosotros, situán-
dose para cubrir un espacio a unos sesenta pies de sus
rifles. Estaban a unos cien pies por encima del jinete,
que estaría al descubierto.

Orrin y yo dejamos los caballos en los árboles. Estábamos al borde de una meseta con una caída verti-
cal de setenta pies justo debajo, luego el talud bajaba
escarpado hasta donde se habían juntado los cinco
hombres después de dejar los caballos atados a unos
arbustos a una distancia de casi cien pies de ellos.

Desde abajo no se les podía ver. Sin embargo,
no tenían salida excepto hacia la derecha o a la izquierda. No podían subir la cuesta y no podían tras-
pasar el límite.

Orrin localizó un buen escondite detrás de una

roca. Yo estudiaba una enorme piedra pensando algo. La roca estaba justo al borde de la meseta; de hecho, era parte de ella y estaba casi en el precipicio... con un poco de ayuda.

Me gusta hacer rodar piedras. Sí, estoy loco, pero me gusta verlas rodar y saltar y causar destrozos. Así que caminé hasta el borde, me aferré al tronco de un cedro viejo y nudoso y puse mis pies contra la piedra.

El jinete que esperaban estaba casi en la mira. Cuando afiancé mis botas contra esa piedra, tuve que doblar las rodillas, así que empecé a empujar. Poco a poco las piernas iban perdiendo la flexión según se movía la piedra. La piedra se desplazó pesadamente, se balanceó ligeramente y después, con un movimiento lento y majestuoso, dio la vuelta y cayó.

Luego pegó un batacazo y empezó a ganar velocidad rodando colina abajo. Los jinetes echaron un vistazo atrás y quedaron petrificados, y cuando la piedra comenzó a rodar veloz, se dispersaron como ovejas.

Al tiempo, Orrin alzó el rifle y disparó a los arbustos justo delante de sus caballos. Uno de los broncos se empinó y cuando Orrin disparó de nuevo, tironeó con la cabeza y arrancando una rama del arbusto, se soltó y salió al galope, con la cabeza de lado para evitar tropezar con la rama.

El jinete solitario estaba a la vista, y cuando miró fijamente la montaña, me levanté y agité el sombrero, porque supe por su sombrero color cervato que era Torres. Dubitativo, alzó una mano, incapaz de identificarnos a esa distancia.

Uno de los tipos se dirigió hacia los caballos. Orrin colocó una bala en la tierra delante de él, y el tipo se tiró al suelo para resguardarse. Orrin disparó de nuevo a las piedras donde se había refugiado, se acomodó hacia atrás y encendió uno de esos puros españoles.

Hacía mucho calor. Me senté detrás de unas piedras y tomé un trago de mi cantimplora. Me imaginé que abajo donde estaban ellos haría mucho más calor que aquí donde estábamos porque teníamos alguna sombra.

—Creo que si estos tipos tienen que caminar a casa —dijo Orrin—, se les tranquilizarán los ánimos.

Transcurrió media hora hasta que uno de los hombres abajo se arriesgase. Con mi rifle le puse una bala tan cerca que debí de chamuscarle el bigote, y se protegió de nuevo bajo unas piedras. Lo mas cómico era que podíamos verlos claramente. Si hubiéramos querido matarlos, lo hubiéramos podido hacer. Oímos un caballo cabalgar por entre los árboles, y me acerqué para recibir a Torres.

—¿Qué pasa, señor? —miró de Orrin a mí.

—Parece que te estaban esperando. Orrin y yo estábamos buscando un terreno para nosotros y encontramos unas huellas. Cuando las seguimos, encontramos a esos cinco hombres de abajo —le mostré donde, y entonces le expliqué nuestra teoría sobre los caballos. Él estuvo de acuerdo.

—Es mi responsabilidad, señor.

Se marchó cuesta abajo y al rato lo vi salir de entre los árboles, desatar los caballos y liberarlos.

Cuando Torres cabalgó de vuelta, Orrin subió y se nos juntó. —Han hecho demasiado por mí —dijo Torres—. No lo olvidaré.

—No es nada —dije—; uno de ellos es Reed Carney.

—Gracias, señor Sackett —dijo Torres—. Creí que estaría seguro tan lejos de la hacienda, pero uno no está seguro en ninguna parte.

Cabalgando hasta Mora me quedé callado y dejé que Orrin y Torres se conocieran. Torres era un tipo tranquilo, y supe que le caería bien a Orrin. Y como a Torres le cae bien la gente, lo contrario era verdad también.

Torres se desvió hacia el rancho y nosotros montamos hasta Mora. Desmontamos delante de una taberna y entramos. Sólo tardé un minuto en darme cuenta de que no estábamos entre amigos. Para empezar, no había ni un solo mexicano y éste era un pueblo mexicano, y además había rostros que me recordaba de Pawnee Rock. Nos acomodamos en la barra y pedimos unos tragos.

Habría cuarenta hombres en la taberna, todos polvorientos, sucios, con el pelo largo hasta el cuello y cargados con pistolas de seis tiros y cuchillos de caza. Fetterson estaba al final de la barra, pero no nos había visto.

Terminamos los tragos y enfilamos hacia la puerta. Fue entonces cuando nos dimos de bruces con Red..., al que había tirado mi caballo en Pawnee Rock.

Iba a abrir la boca, pero antes de que pudiera decir una palabra, Orrin le golpeó en el hombro. —¡Pelirrojo! ¡Viejo reptil! ¡Sal afuera y hablemos!

Red era un tipo lento de mente y pestañeó un par de veces, intentando comprender de qué le estaba hablando Orrin. Lo sacamos fuera antes de que pudiera vociferar. Empezó a hacerlo, pero Orrin se partió de risa y lo palmó tan fuerte que le quitó la respiración.

Afuera le apreté el cuchillo contra sus costillas y perdió todas las ganas de gritar. Quiero decir que se calmó.

—Esperen un minuto —protestó—; nunca les he hecho daño. Sólo quería...

—Camina tranquilo —le dije—; no quiero problemas. Me duele la espalda y no tengo ganas de disparar, así que no me provoques.

—¿Quién está provocando?

—Red —Orrin dijo serio—, eres el tipo de hombre que nos gusta ver. Guapo, honrado... y vivo.

—¡Vivo! —agregué—. Pero serías un bonito cadáver.

Ahora lo teníamos en la oscuridad, lejos de sus amigos, y estaba asustado; los ojos parecían pesos. Parecía un mapache protegiéndose de la luz del farol.

—¿Qué van a hacer conmigo? —protestó—. Miren, yo...

—Red —dijo Orrin—, justo al norte hay un territorio maravilloso, espacios amplios y bellos. En esa tierra hay agua corriente, arroyos claros y pasto hasta la cadera de alto. Te digo, Red, que eso es un país.

—¿Y sabes qué, Red? —añadí yo—. Pensamos que debes verlo.

—Desde luego —dijo Orrin—, que te extrañaremos si te vas. Pero Red, si te quedas, no te extrañaremos.

—¿Conseguiste un caballo, Red?

—Sí, efectivamente —dijo, mirándonos del uno al otro—. Efectivamente, conseguí un caballo.

—Te gustará ese territorio al norte. Aquí puede hacer demasiado calor para un hombre, Red, y el aire está cargado... tiene plomo, ¿sabes?, o puede tenerlo.

Pensamos que debes subir a la montura de ese cayuse que tienes, Red, y seguir cabalgando hasta que llegues a Pike's Peak, o quizás a Montana.

—¿Esta *noche*? —protestó.

—Claro. Red, toda la vida has querido ver ese territorio al norte, y ya no puedes esperar más.

—Yo tengo que reunir gente. Yo…

—Red, no lo hagas. —Orrin agitó la cabeza, abriendo bien los ojos—. No hagas eso. —Se apoyó más cerca—: Vigilantes, Red. Vigilantes.

Red tiró de mi mano, y humedeció los labios con la lengua. —¡Oye, un momento! —protestó.

—Red, aquí hace mal clima. Hasta puede matar a un hombre. Sé de tipos que apostarían que mañana no amanecerás.

Llegamos a un buen caballo pequeño y gris. —¿Es tu caballo?

Asintió.

—Súbete en la silla de montar, Red. No, guarda la pistola. Si alguien decide dispararte, querrán que estés armado, para que no parezca mal. Da mala impresión dispararle a un hombre desarmado. ¿Red, a que tienes ganas de viajar?

A estas alturas Red debía imaginarse de qué iba la cosa, o quizás todavía seguía cavilando. Sin embargo, giró su caballo por la calle y salió del pueblo a medio galope.

Orrin me miró y sonrió: —¡Ahí va un viajero! —Se puso más serio—. Nunca pensé que saldríamos de allí sin un tiroteo. Esa camarilla estaba bebiendo y les hubiera encantado lincharnos o dispararnos.

Cabalgamos de vuelta para unirnos a Cap y a Tom

Sunday. —Ya era hora. Tom temía que tuviéramos que ir a rescataros de por debajo de alguno de los colonos —dijo Cap.

—¿Qué quieres decir... con "los colonos"?

—Jonathan Pritts ha organizado una compañía que él llama la Compañía de los Colonos. Puedes comprar acciones. Y si no tienes dinero, puedes comprarlas a punto de pistola.

Orrin no dijo nada; nunca lo hacía cuando salía a relucir el nombre de Pritts. Tan pronto se sentó en su cama se sacó las botas.

—¿Sabes? —dijo reflexivamente—, toda esa charla sobre ese territorio al norte me ha convencido. Creo que deberíamos irnos todos.

CAPÍTULO 10

MORA DESCANSABA SILENCIOSA bajo el caluroso sol y, a lo largo de la única calle, nada se movía. Desde el porche de la casa vacía donde nos habíamos instalado, miré a la calle y percibí la tensión que reinaba bajo la aparente calma.

Orrin dormía dentro de la casa, y yo limpiaba mi Henry calibre .44. Se estaba preparando una buena y todos lo sabíamos.

Cincuenta o sesenta colonos estaban en el pueblo, y se estaban volviendo impacientes sin nada que hacer, pero yo tenía planes propios y no tenía la intención de que me los arruinaran un puñado de buscapleitos importados.

Tom Sunday salió al porche y se detuvo bajo el toldo donde yo ajustaba mi rifle. Sacó un puro negro y fino y lo encendió.

—¿Salís hoy?

—Hoy nos largamos —contesté—; hemos encontrado un lugar a ocho o nueve millas de aquí.

Hizo una pausa y se sacó el puro de la boca. —Yo también estoy buscando algo, pero primero quiero ver qué pasa por aquí. Un hombre con preparación en este pueblo puede meterse en la política y le puede ir bien. Caminó delante calle abajo.

Tom no era ningún tonto; sabía que en Mora se iba a necesitar orden, y él pensaba ser su representante.

Yo sabía que él no se iba a retirar porque se presentara Orrin.

Me preocupó qué pasaría cuando Orrin y Tom se enteraran que iban a postularse al mismo puesto, aunque dudé que a Orrin le importara mucho.

Cuando terminé de limpiar el rifle, ensillé, puse mi manta enrollada detrás de la silla y me dispuse a marchar. Orrin se levantó de la cama y se acercó a la puerta.

—Iré más tarde, o quizás vaya Cap —dijo—. Quiero vigilar las cosas por aquí. —Me acompañó al caballo—. ¿Te dijo algo Tom?

—Quiere presentarse a alguacil.

Orrin frunció el ceño. —¡Maldita sea!, Tyrel, eso me temía. Probablemente sería mejor alguacil que yo.

—Orrin, eso no lo sabe nadie, pero diría que tenéis las mismas posibilidades; sin embargo, podrías ganar las elecciones. Pero me apenaría que os enfrentarais. Tom es buena persona.

Ninguno habló durante un rato, y nos quedamos de pie al sol, pensando en ello. Hacía una mañana preciosa y era difícil creer todos los problemas que se estaban guisando a nuestro alrededor.

—Tengo que hablar con él —dijo Orrin finalmente—, no está bien que callemos. Tenemos que decirle la verdad.

Lo único que yo pensaba era que los cuatro llevábamos juntos dos años, y que nos había ido bien. No quería arriesgar que pasara algo. Las buenas amistades son pocas en esta vida, además ya habíamos puesto lo peor a nuestras espaldas, levantado polvo a nuestro paso y olido la pólvora juntos, y nada une tanto a los hombres como el sudor y el humo de las pistolas.

—De acuerdo, Orrin. Hablaremos con Tom mañana.

Quería estar allí cuando conversaran, porque Tom me apreciaba y confiaba en mí. Él y Orrin se parecían en muchas cosas, aunque eran muy diferentes en otras. Había lugar para los dos, pero estaba seguro que Tom querría ser el primero.

———

TARDÉ MÁS DE una hora en cabalgar hasta donde pensábamos construir nuestro rancho. Había árboles al borde del río y buen pasto, y me acosté junto a la boca de la hondonada, en una esquina entre las piedras. Estaqué al caballo de Montana, me cambié las botas por unos mocasines e inspeccioné los alrededores, marcando el sitio para la casa y los corrales.

La grada donde pensábamos construir la casa estaba tan sólo a veinte pies sobre el nivel del río, pero por encima de la marca de agua más alta. El precipicio se levantaba detrás de la grada, y la ubicación era buena.

Me quité la camisa y trabajé toda la tarde quitando piedras y arrancando matorrales del lugar donde construiríamos y midiéndolo con pasos. Luego corté unos postes y empecé a construir un corral para los caballos, que sería lo primero que necesitaríamos.

Más tarde, cuando empezó a oscurecer, me bañé en la cala, me vestí, encendí una pequeña hoguera, y me preparé un café y comí un poco de cecina.

Cuando terminé de comer, busqué en mis alforjas un libro para leer. De vez en cuando me levantaba para vigilar, o me quedaba un rato en la oscuridad lejos del fuego, escuchando. Cuando el fuego empezó a consumirse, me alejé un poco y tendí la manta. Soplaba la brisa y algunas nubes flotaban por el cielo estrellado.

Agarré el rifle y salí para ver cómo seguía el caballo de Montana, que estaba cerca. Le moví la estaca más cerca y donde había pasto fresco. Esa noche tenía una sensación que no me gustaba, y estaba deseando que vinieran los muchachos.

De repente oí un sonido débil, que el caballo de Montana también demostró que había escuchado. Levantó la cabeza, paró las orejas y con los ollares trató de olfatear. Le acaricié el lomo como diciéndole: —Tranquilo. No te preocupes.

Alguien estaba allí en la noche, llamándome.

Un hombre que sale corriendo de entre la oscuridad tarde o temprano acaba con una bala en el vientre. Di vueltas alrededor, explorando y moviéndome pausadamente. En este territorio tenía más enemigos que amigos.

No había transcurrido mucho tiempo cuando vi un caballo. Escuché un gemido y me aproximé. En el suelo yacía un hombre y estaba malherido.

—¡Señor! —tenía un hilo de voz—. Por favor... soy Miguel. Vengo a traerle problemas.

Lo levanté del piso y lo coloqué sobre el caballo. —Aguanta —dije—, sólo serán unas yardas.

—Unos hombres vienen a matarme, señor. Será un problema para usted.

—Hablaré con ellos —contesté—; les leeré el evangelio.

Se desmayó, pero conseguí llevarlo hasta el campamento y desmontarlo. Lo balearon bien. Lo habían acribillado a tiros. Había un balazo en el muslo y otro en el costado derecho que había traspasado. Tenía la ropa empapada de sangre y estaba mal.

Quedaba agua en el caldero de la hoguera, así que le quité la ropa y me puse a trabajar. Primero le limpié la sangre con agua y le taponé las heridas para detener la hemorragia. Cuando amaneciera, si es que vivía, tendría que hacer mucho más.

Con la punta de mi cuchillo de caza le saqué la bala de la espalda, le bañé la herida y se la tapé lo mejor que pude. Podía escuchar a varios jinetes que se dirigían hacia allí para rematarlo. Tarde o temprano verían el brillo de mi lumbrera y tendría que ocuparme de ellos.

Trasladé a Miguel lejos del fuego y lo resguardé cuando les oí llegar. Se acercaron con prisa.

—¡Eh, el del fuego!

—Hablen. Digan qué quieren.

—Estamos buscando a un mexicano herido. ¿Lo has visto?

—Está aquí, pero no se lo voy a entregar.

Cabalgaron acercándose al fuego y me coloqué al borde de las llamas. El problema era que uno me apuntaba un rifle y su alcance no era de quince pies.

El rifle me preocupaba. Me hacía sudar. Un hombre que desenfunda rápido puede ganarle a uno que piensa antes de disparar, pero más vale que acierte ese primer tiro.

—Es Sackett. Dicen que el chico es un pistolero.

—Así que es Sackett. —Era un hombre de cabello rubio con dos pistolas atadas como las de esos pistoleros fanfarrones—. No he visto ninguno de sus cementerios.

—Continúen su camino —dije—; Miguel está aquí y se quedará aquí.

—Hablas en grande, ¿no? —Era Charley Smith, un tipo grande, barbudo, pendenciero y, según decían, duro de pelar cuando había dificultades. El que empuñaba el rifle era delgado, anguloso, con una nuez de Adán muy marcada y con cara de pistolero.

—Está herido —dije—; le cuidaré.

—No lo queremos vivo —dijo Smith—. Lo queremos muerto. Nos lo entregas y no te pasará nada.

—Lo siento.

—Está bien —dijo Sandy—, así me gusta. Lo prefiero de esta manera.

Ese Sandy no me preocupaba tanto como el hombre del rifle. Aunque era probable que Sandy hubiera practicado con alguna pistola. Hasta un fanfarrón podía ser rápido, y tenía que pensar en eso.

De una cosa estaba seguro. De ésta no podía salir intentando convencerlos. Podía quedarme tranquilo a ver cómo mataban a Miguel o podía luchar contra ellos.

No fumo, pero a Miguel se le había caído el tabaco del bolsillo y yo lo había recogido, así que lo saqué y empecé a liar un cigarrillo y mientras hablaba seguía liando el tabaco.

Lo que necesitaba era una pequeña ventaja, y me hacía mucha falta. Estaba el hombre del rifle, Charley Smith y este Sandy que presumía de tener una pistola de seis tiros. Podía haber más en la oscuridad, pero tenía que pensar en estos tres.

—Miguel —dije para ganar tiempo— es un buen hombre. Me cae bien. No me entremetería en sus peleas, pero por otro lado, no me gusta ver a un hombre herido al que disparan sin darle una oportunidad.

Smith era el astuto. Miraba a su alrededor. Supuse que le preocupaba Orrin. Sabía que éramos un grupo, que éramos cuatro y que podía haber alguien en la oscuridad.

Ahora pensaba en serio. Un hombre que te apunta con una pistola está agitado y listo para disparar al principio, pero al rato se le tensan los músculos y reacciona más lento. Es más, estos tipos me aventajaban tres a uno. Tenían ventaja y no concebían que alguien fuera tan tonto como para retarlos. Eso también iba en su contra. Les hizo relajarse mentalmente, si entienden lo que les quiero decir.

Cualquier movimiento que hiciera debía estar medido y tenía que engañarlos para que pensaran en otra cosa.

Si mataban a Miguel mientras estaba herido en mi campamento, nunca me lo perdonaría... aunque sobreviviera.

—Miguel —dijo Smith— es un hombre de Alvarado. Los vamos a expulsar.

—¿Dónde está tu hermano? —preguntó el tipo del rifle mientras buscaba en las sombras que nos rodeaban. Si yo estuviera en su lugar, las habría tenido bien en cuenta también.

—Está por aquí. Esos muchachos nunca están muy lejos.

—Sólo hay una cama. —Era Sandy sacando la lengua a pasear—. Lo puedo ver. —Ése era el hombre con las dos pistolas grandes que quería matarme. Después podría alardear de ello.

Charley Smith iba a matarme porque no quería tener a alguien que más tarde pudiera pegarle un tiro.

Me puse el cigarro en los labios y me agaché para recoger un palo ardiente y encenderlo. Lo acerqué al cigarro, sosteniéndolo con los dedos mientras decía lo que tenía que decir.

—Nosotros cuatro —dije— nunca nos separamos. Trabajamos juntos, peleamos juntos y hasta ganamos juntos.

—No están por aquí —dijo Sandy—; sólo hay una cama, sólo hay su caballo y el del mexicano.

Entre los pinos de las colinas se escuchó un sonido. Yo, que lo había escuchado toda la tarde, sabía que era el viento del cerro, pero ellos se callaron para escuchar.

—Soy un Sackett —dije, conversando—, de Tennessee. Allí terminamos una disputa hace un par de años... alguien del otro bando le disparó a un Sackett, y matamos diecinueve Higgins en los siguientes dieciséis años. Nunca paramos de perseguirlos. Tengo un hermano que se llama Tell Sackett... el mejor pistolero del mundo.

Yo seguía de hablador, y el palo me quemaba. Charley Smith lo vio. —¡Eh! —advirtió—. ¡Te quemarás!

El fuego tocó mis dedos y grité de dolor, dejándolo caer, y con el mismo movimiento desenfundé la pistola y disparé al tipo del rifle, que cayó de la silla.

Sandy iba a agarrar su hierro cuando empuñé la pistola y le disparé dos tiros tocando el gatillo dos veces, que parecía que hubiera disparado sólo una vez, y cayó hacia atrás de su caballo como si le hubiera pegado con una hacha.

Di media vuelta con la pistola apuntando a Smith, y lo vi en la tierra agarrándose la barriga y a Tom Sunday cabalgando con un rifle Henry.

—La mejor maniobra que he visto en mi vida —dijo, mientras miraba a Smith en el suelo—. Cuando te vi levantando el palo supuse que pasaba algo... sé que no fumas.

—Gracias, elegiste un bueno momento para llegar.

Sunday desmontó y se acercó al tipo que había apuntado el rifle. Estaba muerto de un tiro en el corazón. A Sandy también le habían atravesado dos balas por el mismo sitio. Sunday me miró. —Lo vi, pero todavía no lo creo.

Cargando mi pistola, caminé hasta Miguel. Estaba recostado sobre un codo y lívido, con los ojos como platos por la expectación. —Gracias, amigos —susurró.

—Orrin me dijo que venías para aquí y me sentía inquieto, así que decidí venir y acampar contigo. Cuando te vi entre ellos, pensé qué hacer para que no te acribillaran. Entonces actuaste.

—Nos habrían matado.

—Pritts interpretará tu defensa de Miguel como una declaración de guerra.

Se escucharon más ruidos en la noche y nos apartamos del resplandor del fuego. Era Cap Rountree y dos ayudantes de Alvarado. Uno era Pete Romero, pero el otro era un hombre que no reconocí.

Era delgado, anguloso y vestía una chaqueta de

cuero trenzada, el tipo más emperifollado que vi en mi vida. Su pistola con mango de madreperla de seis tiros la tenía lista para usar, y tenía una mirada que no me gustó.

Se llamaba Chico Cruz.

Cruz caminó hacia los cuerpos y los miró. Sacó un dólar de plata y lo colocó sobre los dos orificios de bala en el pecho de Sandy. Luego guardó el dólar en el bolsillo y nos miró.

—¿Quién lo hizo?

Sunday movió la cabeza, señalándome. —Son suyos... y este otro también —dijo, señalando al hombre del rifle. Le explicó lo que había pasado, sin mencionar lo del palo en ascuas, pero sí que me estaban apuntando con el rifle.

Cruz me miró con atención. Tenía la corazonada de que era un hombre que disfrutaba matar y que estaba orgulloso de su destreza con la pistola. Se sentó en cuclillas cerca del fuego y se sirvió una taza del café recalentado, negro y muy cargado. Pareció gustarle.

En la oscuridad, mientras ayudaba a Romero a subir a Miguel a la silla de montar, le pregunté: —¿Quién es ése?

—Es de México. Torres lo mandó buscar. No es buen tipo. Ha matado muchas veces.

Cruz me parecía una cascabel de pradera lista que se mueven como un relámpago y que matan igual de fácil. No había nada de él que me gustara. Aunque entendía por qué el don lo había mandado buscar. El don estaba luchando para defender lo que tenía. Estaba preocupado, sabía que estaba envejeciendo y no estaba seguro de poder ganar.

Cuando regresé a la hoguera, Chico Cruz me buscaba. —Buena puntería —dijo—, pero yo disparo mejor.

No me gusta alardear, pero ¿cuánto mejor puede uno disparar?

—Quizás —le contesté.

—Algún día podríamos disparar juntos —añadió, mirándome a través del humo de su cigarro.

—Algún día —dije bajito—, podremos.

—Lo esperaré con interés, señor.

—Y yo —sonreí—, lo recordaré con interés.

CAPÍTULO 11

ESPERÁBAMOS QUE PRITTS nos causara problemas, pero no se presentó ninguno. Orrin se acercó hasta el terreno y con un par de hombres que don Luis nos había prestado y con la ayuda de Cap y Tom construimos una casa. Fue al segundo día, cuando habíamos terminado de trabajar y estábamos acomodándonos alrededor del fuego, que Orrin confesó a Tom Sunday que se iba a presentar al cargo de alguacil.

Sunday llenó su taza de café. Frunció los labios y luego sonrió. —¿Bien, y por qué no? Orrin, serías un buen alguacil..., si consigues el trabajo.

—Me imaginaba que tú lo querrías... —empezó a decir Orrin, pero dilató las palabras cuando Tom Sunday agitó la mano.

—Olvídate de eso. El pueblo necesita a alguien, y cualquiera que lo consiga hará un buen trabajo. Si yo no lo logro y tú sí, te echaré una mano... te lo prometo. Y si yo lo consigo, tú puedes ayudarme.

Orrin parecía aliviado, y sabía que lo estaba, porque había estado angustiado por todo esto. Sólo Cap examinaba por encima de su taza de café a Tom sin decir palabra. Y Cap era un tipo listo.

No necesitaba uno ser adivino para darse cuenta de lo que estaba pasando en el pueblo. Todas las noches había reyertas entre borrachos en la calle, habían matado a un tipo cerca de Elizabethtown y había habido varios robos cerca de Cimarrón. Cuánto aguantaría la gente era sólo cuestión de tiempo.

Entretanto nosotros seguimos construyendo la casa, hicimos dos cuartos y Orrin y yo empezamos a hacer unos muebles para decorarla. Terminamos el tercer cuarto de la casa y entonces Orrin y yo montamos con Cap hasta la Concesión, donde compramos cincuenta cabezas de ganado joven, y la llevamos de vuelta a través de la cañada, la herramos y la soltamos.

Con tanto trabajo, hacía mucho tiempo que no visitaba a Drusilla, y decidí cabalgar hasta allí. Cuando llegué, me recibieron Antonio Baca y Chico Cruz en la verja. Baca estaba haciendo guardia. Era la primera vez que lo veía desde aquella noche que intentó apuñalarme en el sendero.

Cuando empecé a atravesar la verja con mi caballo, me detuvo. —¿Qué quieres?

—Ver a don Luis —contesté.

—No está aquí.

—Entonces, a la señorita.

—Ella no quiere verte.

De repente me enfadé. Sabía además que estaba deseando matarme. También descubrí que era un insolente. Estaba demasiado seguro de sí mismo.

¿Era debido a la presencia de Chico Cruz? ¿O sería que el don estaba envejeciendo y Torres no podía estar por todas partes?

—Dígale a la señorita —dije— que estoy aquí. Ella me recibirá.

—No es necesario. —Sus ojos se mofaban de mí—.

La señorita no está interesada en un hombre como usted.

Chico Cruz se separó de la pared y caminó pausado hasta mí. —Creo —dijo— que más te vale hacer lo que te dice.

A éstos no les iba a hacer la triquiñuela del fósforo, y además no quería pelearme con la gente de don Luis. Demasiados problemas tenía ya para darle uno más. Cuando estaba a punto de dar la vuelta y marcharme, oí la voz de Drusilla.

—¡Tye! —sonaba tan alegre que sentí el corazón darme un vuelco—. Tye, ¿por qué estás esperando ahí fuera? ¡Entra!

Pero no entré, me quedé sentado en el caballo y dije: —¿Señorita, puedo venir a visitarla cuando quiera?

—¡Pues claro, Tye! —Se acercó a la verja y vio a Baca de pie con el rifle. Sus ojos echaron chispas—. ¡Antonio! ¡Baja el rifle! ¡El señor Sackett es nuestro amigo! Y puede venir cuando quiera, ¿comprendes?

Se volvió despacio y se alejó altanero. —Sí —dijo—, lo entiendo.

Pero cuando me miró tenía los ojos llenos de odio. Miré a Cruz y vi que alzó una mano e hizo un gesto indiferente.

Cuando entramos, ella me preguntó: —Tye, ¿por qué te has alejado? ¿Por qué no has venido a vernos? El abuelo te extraña. Quería agradecerte lo que hiciste por Juan Torres... y por Miguel.

—Eran mis amigos.

—Y tú eres nuestro amigo.

Me miró, entonces me agarró la mano y me condujo a otro cuarto, donde tocó una campanilla.

Parecía que había madurado desde la última vez que la había visto. Parecía más alta, más segura. Pero también era evidente que estaba angustiada.

—¿Cómo está don Luis?

—Tye, no está bien. Mi abuelo cada día envejece más. Tiene más de setenta años, ¿sabes? Ni siquiera sé cuántos años tiene, pero más de eso, y cada vez le cuesta más montar a caballo.

—Cree que va a tener problemas con tu gente. Tiene muchos amigos entre ellos, pero la mayoría están resentidos por el tamaño del rancho. Él quiere conservarlo intacto para mí.

—Es tuyo.

—¿Recuerdas a Abreu?

—Claro que sí.

—Está muerto. Pete Romero lo encontró la semana pasada a diez millas de aquí. Le habían disparado por la espalda con un Sharps de matar búfalos.

—Es una pena. Era un buen hombre.

Tomamos el té juntos, y me contó todo lo que había pasado. Había días que el don casi no podía levantarse de la cama, y Juan Torres recorría a menudo el rancho. Algunos tipos se habían vuelto rebeldes y perezosos. Al parecer, lo que había pasado hoy no era una excepción.

Don Luis estaba perdiendo el control cuando más lo necesitaba, y su hijo, el padre de Drusilla, hacía mucho tiempo que estaba muerto.

—Si puedo ayudarles en algo, sólo tienen que llamarme.

Ella bajó la vista a sus manos y calló. Yo me sentí culpable, sin motivo. No había nadie a quien quisiera tanto como a Drusilla, pero nunca había hablado de amor con nadie y no sabía cómo se hacía.

—Va a haber problemas en Mora —dije—; convendría que tus hombres no fueran allí.

—Lo sé. —Hizo una pausa—. ¿Tu hermano ve a la señorita Pritts?

—Últimamente no. —Callé, inseguro de qué decir. Ella parecía más madura.

Le hablé del terreno que habíamos encontrado, y le agradecí los servicios de los hombres que el don nos había enviado para ayudarnos a colocar los ladrillos de adobe. También le conté lo de Tom Sunday y Orrin, y ella escuchaba pensativamente. Todos los mexicanos estaban interesados en la elección del alguacil, porque para ellos era muy importante. Su autoridad sería local, pero podría pasar a ser *sheriff* y en cualquier caso, la selección de un hombre significaba mucho para los mexicanos que comerciaban y vivían en Mora, que eran muchos.

Pero ese tema no era el que quería tratar. Busqué las palabras oportunas, pero no se presentaban.

—Dru —dije de repente—, me gustaría...

Ella esperó, pero me puse colorado y me miré las manos. Por último me levanté, enfadado conmigo mismo. —Me tengo que ir —dije—, pero...

—¿Sí?

—¿Puedo regresar? Quiero decir, ¿puedo venir a verte, a menudo?

Me miró a los ojos. —Tye, sí puedes hacerlo. Me gustaría que lo hicieras.

Cuando me marché estaba enfadado conmigo mismo por no haber dicho nada. Quería a esta muchacha. No era ningún experto con las damas, aunque era probable que Drusilla pensara que era un mujeriego, y que si hubiera tenido algo que decir, se lo hubiera dicho.

Acaso pensó que un hombre que callaba lo que tenía que decir no era un verdadero hombre. Probablemente pensara que no quería decirle nada. Si es que pensaba en mí.

Iba tan preocupado de vuelta que si alguien me hubiera estado esperando, me habría matado a tiros fácilmente. Cuando llegué a casa vi el caballo de Ollie atado fuera.

Ollie estaba con un hombre que administraba una tienda de provisiones en Mora. Se llamaba Wilson.

—Es hora, Orrin —le decía—. Tienes que ir y quedarte en el pueblo unos días. Charley Smith y ese rubio que lo acompaña han crispado a los residentes, y se quedaron impresionados por como Tyrel los trató.

—Ése era Tyrel, no yo.

—Lo saben, pero dicen que sois tal para cual. Sólo..., —Ollie me miraba entonces como excusándose— que tú no eres tan mezquino como tu hermano. Quiero decir que les gustó lo que ocurrió aquí, pero que no están de acuerdo con que se mate a cualquiera sin motivo.

Orrin lo miró. —Tyrel no tuvo otra alternativa, y pocos podrían haber hecho lo que hizo él.

—Lo sé, y tú lo sabes. Pero la gente quiere que se aplicara la ley contra los asesinos, pero no la ley de las balas. Los mexicanos... comprenden mejor la situación que los americanos. Saben que cuando un

hombre empuña un revólver no va a soltarlo si le vas
con un ramo de rosas. Los hombres violentos sólo entienden de violencia, casi siempre.

Orrin cabalgó hasta el pueblo y por dos días yo me
quedé trabajando en el terreno. Quité piedras con un
par de mulas y un recogedor de piedras. Arrastré las
piedras y las amontoné para utilizarlas más tarde
para construir un establo.

Al día siguiente cabalgué hasta el pueblo, y al parecer llegué justo a tiempo. Había un corrillo de gente
fuera de la tienda que Ollie regía. Ollie estaba en el
porche, y por primera vez desde que había llegado,
cargaba una pistola.

—Las cosas están de tal forma que nadie decente
puede vivir en este territorio —decía—. En este pueblo lo que hace falta es un alguacil que mande a paseo
a todos estos tipos. Alguien en quien podamos confiar
que hará lo que se debe hacer.

Hizo una pausa, y se oían murmullos de aproba-
ción. —Me parece que este podría ser un lugar decente para vivir. La mayoría de la morralla que causa
estos problemas vino de Las Vegas.

Enfrente, en los bancos, vi a un grupito de colonos
holgazaneando y observándonos. No estaban preocupados de lo más mínimo, porque todo les parecía broma
y hacía tiempo que llevaban la batuta en todas partes.

Entré en la taberna, y Tom Sunday estaba allí. Me
miró. Parecía irritado.

—Te invito a un trago —sugerí.

—Me lo tomaré.

Se terminó el que tenía, y el mozo nos llenó los
vasos.

—Vosotros los Sackett atacáis en conjunto —sentenció Tom—. Orrin tiene a medio pueblo trabajando para él. Y ese Ollie Shaddock. Creía que era amigo mío.

—Tom, lo es. Le caes bien. Pero Ollie es primo lejano nuestro y procede de la misma zona de las montañas. Él lleva toda su vida en la política, y quiere darle una oportunidad a Orrin.

Tom se quedó callado y al rato dijo: —Si un hombre quiere triunfar en la política tiene que tener una educación. Eso no ayudará a Orrin un ápice.

—Está estudiando, Tom.

—Como esa necia hija de Pritts. Sólo se fija en Orrin. A nosotros ni nos mira.

—Tom, a mí las damas nunca me han hecho ningún caso.

—Pues bien que te prestaron atención en Santa Fe.

—Eso era otra cosa. —Necesitaba que le animara, así que le conté antes que a nadie lo que había ocurrido ese día. Sonrió a pesar de sí mismo.

—Ahora entiendo por qué esa historia corrió por todo el pueblo en menos de una hora. —Se rió entre dientes—. Orrin estaba verdaderamente fuera de juego.

Se terminó el trago. —Bueno pues, si puede hacerlo, más gloria para él.

—Tom, no importa que —dije—, los cuatro tenemos que seguir unidos.

Me lanzó una mirada dura y dijo: —Tye, me caíste bien desde el primer día que viniste al grupo. Desde ese día supe que reaccionarías ante las dificultades.

Llenó su vaso. Quería decirle que dejara de tomar, pero no era un hombre que tomara consejos, y menos de un hombre más joven.

—¿Por qué no regresas conmigo? —sugerí—. Cap debe estar allí, y podríamos hablarlo un poco.

—¿Qué intentas hacer? ¿Sacarme del pueblo para dejarle el campo libre a Orrin?

Las orejas se me pusieron rojas como tomates. No había pensado nada parecido. —Tom, sabes perfectamente que no es eso. Pero si te interesa ese trabajo, más te vale despedirte del güisqui.

—Cuando quiera tus consejos —dijo fríamente—, te los pediré.

—Si te apetece, ven —dije—. Hoy voy a llevar a Mamá rancho.

Me miró y dijo de corazón: —Tye, salúdala de mi parte. Dile que espero que sea muy feliz allí.

Tom era orgulloso, pero todo un caballero, y difícil de comprender. Lo miré parado en la barra y recordé las noches alrededor de la fogata del campamento cuando recitaba poesías y nos contaba historias de la obra de Homero. Me entristecía que hubiera problemas entre nosotros, pero el orgullo y el güisqui son mala combinación, y me imaginé que le molestaba pensar que podía perder el trabajo de alguacil.

—Tom, sal. Mamá querrá verte. Hemos hablado mucho de ti.

Se volvió abruptamente y salió por la puerta, dejándome allí de pie. En el porche hizo una pausa.

Cerca se habían reunido algunos colonos, quizás seis u ocho. El Durango Kid y Billy Mullin estaban delante. Y el Durango Kid se creía un pistolero.

Más que nada quería que Tom Sunday se fuera a casa a dormir la borrachera o que viniera con nosotros a la finca. Sabía que estaba molesto y de mal humor, y así no era fácil llevarse bien con él.

Lo mas cómico fue que Ollie había trabajado para prepararlo todo, y Orrin tenía don de gentes y era popular.

Pero a pesar de todo esto, fue el propio Tom Sunday el que hizo que eligieran a Orrin para alguacil.

Y lo hizo aquel día allí en la calle. Lo hizo cuando salió por la puerta al porche. Era orgulloso, estaba enfadado y había tomado unos cuantos tragos, y salió por la puerta y desafió al Durango Kid.

Podría haber sido otro. La mayoría lo habría evitado en ese estado, pero el Kid coleccionaba trofeos de refriegas. Era delgado, estrecho de hombros, y tenía veintiún años y fama de haber matado a tres o cuatro hombres en Colorado. Se decía que había robado vacas y caballos, y en la cuadrilla de colonos era el segundo después de Fetterson.

Podía haber pasado cualquier cosa. Tom Sunday podría haber ignorado al Durango Kid, pero éste notó que estaba bebido y pensó que tenía ventaja. No conocía a Tom Sunday como yo.

—Billy, éste quiere ser alguacil —murmuró el Durango Kid—; me gustaría verlo.

Tom Sunday lo enfrentó. Como dije, Tom era alto y guapo, y borracho o no, caminaba de frente erguido. Había sido oficial del ejército, y eso es lo que parecía ser en esos momentos.

—Si salgo de alguacil —dijo fría y claramente—, empezaré deteniéndote a ti. Eres un ladrón y un asesino. Te detendré por el asesinato de Martín Abreu.

Cómo Tom sabía eso, no lo sé, pero no había más que mirar la cara del Kid para comprender que Tom había dado en el clavo.

—¡Eres un mentiroso! —gritó el Kid. Echó mano a la pistola.

La pistola alcanzó a salir de la funda, pero cuando eso pasó, su dueño, el Durango Kid, ya estaba muerto. A una distancia de una docena de pies, Tom Sunday —a quien nunca había visto disparar antes— le había metido tres resonantes proyectiles.

El Kid se desplazó violentamente hacia atrás. Se tambaleó, chocó contra el abrevadero, se pegó contra el borde y se desplomó en plena calle.

Billy Mullin se volvió rápidamente. No alcanzó a tocar su pistola, pero Tom Sunday era veneno cuando bebía. Ese repentino movimiento de buscar el arma casi le costó a Bill la vida, porque Tom lo vio por el rabillo del ojo, giró y le disparó en el vientre.

No digo que yo no hubiera hecho lo mismo. No creo que lo hubiera hecho, pero un movimiento así, en ese momento, y por un tipo que era enemigo de Tom y compinche del Kid... pues, Tom le disparó así de fácil.

La muchedumbre en la calle lo presenció. Ollie lo vio también. Tom Sunday mató al Durango Kid, y Billy Mullin estuvo recuperándose de las tripas varios meses y ya nunca fue el mismo... pero Tom Sunday ese día se cargó su candidatura a alguacil.

La matanza del Kid... claro, todos sabían que el Kid se la estaba buscando, pero el tiroteo de Billy Mullin, ladrón y todo lo que fuera, era tan improcedente que hasta los amigos de Tom se pusieron en su contra.

No deberían haberlo hecho. Cualquiera en esa calle hubiera hecho lo mismo.

Fue un amigo de Tom que le dio la espalda ese día y dijo: —Hablemos con Orrin Sackett sobre ese trabajo.

Tom Sunday lo oyó, jugó con su munición y caminó por medio de la calle hasta la casa que compartía con Cap, Orrin y yo cuando estábamos en Mora.

Y esa noche, Tom Sunday partió.

CAPÍTULO 12

EL DOMINGO FUIMOS a la casa donde se estaba quedando Mamá y los dos muchachos y la ayudamos a montar en la calesa. Mamá iba acicalada con su ropa de domingo —o sea, vestía de negro—, y estaba ansiosa por ver su nueva casa.

Orrin iba sentado en el asiento del conductor a su lado; Bob y Joe nos seguían montados en unos potros indios. Cap y yo íbamos por delante.

Cap no hablaba mucho, pero se notaba que se sentía intensamente emocionado con lo que estábamos haciendo. Sabía cuánto habíamos esperado y cómo habíamos planeado Orrin y yo este día, y cuánto habíamos trabajado. Detrás de esa voz áspera y ese carácter frío, Cap era un sentimental, aunque no lo pareciese.

De verdad que era una cosa emocionante, y estábamos felices de que fuera la estación perfecta del año. Los árboles estaban en flor, los prados estaban verdes y el ganado pastaba... todo parecía perfecto. Era la mejor casa en la que Mamá había vivido.

Enfilamos valle abajo, todos vestidos para la ocasión con trajes de paño fino negro, incluso Cap. Ollie y unos amigos iban para allí, porque pensábamos hacer la fiesta de inauguración.

Lo único que nos entristecía era que Tom Sunday

no estuviera con nosotros, como nos hubiera gustado a todos.

Tom había sido uno de nosotros tanto tiempo, y si Orrin y yo llegábamos a ser algo, parte del crédito era de Tom, que se había molestado en enseñarnos, sobre todo a mí.

Cuando pasamos la arboleda, después de atravesar el río, entramos en nuestro propio patio y vimos a gente por todas partes, habría unas cincuenta personas.

Al primero que vi fue a don Luis. Drusilla estaba a su lado, y hoy parecía más irlandesa que española. Mis ojos se encontraron con los suyos por encima de las cabezas de la gente y por un instante nos miramos como nunca lo habíamos hecho. Quería cabalgar hasta ella y reclamarla.

Allí estaban Juan Torres, Pete Romero y Miguel. Miguel estaba un poco pálido, pero ya se podía levantar y tenía mejor aspecto.

Había comida por todos sitios, y cuando empezó la música, la gente empezó a bailar el fandango, y Mamá lloró de emoción. Orrin la abrazó por los hombros y continuamos así hasta que llegamos al patio. Don Luis se acercó y le ofreció su mano. Nos enorgulleció cómo la ayudaba a bajar de la calesa. Parecía más una dama que una mujer de las montañas.

Don Luis la acompañó hasta su vieja mecedora como si fuera una reina, y luego le cubrió las rodillas con un sarape. Mamá estaba en casa.

Se formó un verdadero jolgorio. Había mucha comida. Habíamos asado un novillo entero y tres o cuatro jabalinas; también había mazorca asada. Había vino, pero no bebidas fuertes. Lo hicimos por respeto a Mamá, y porque queríamos que el día fuera muy agradable para ella.

Allí estaba Vicente Romero, y a Chico Cruz le vi un par de veces entre la muchedumbre.

Nos estábamos divirtiendo cuando un caballo pasó chapoteando por mitad del arroyo y Tom Sunday entró en el patio. Se quedó sentado sobre el caballo, observando. Orrin lo vio y caminó hasta él.

—Tom, me alegro que hayas venido. La fiesta no tendría sentido sin ti. Baja y ven a la mesa, pero primero habla con Mamá. Ha estado preguntando por ti.

Eso fue todo. Ni una palabra, ni una explicación. Así era Orrin. Un gran hombre que apreciaba a Tom y que estaba contento de tenerlo allí.

Alguien tocaba un violín y la gente se puso a bailar, y Orrin cogió su vieja guitarra y nos cantó algunas canciones. Juan Torres también cantó, y nos lo pasamos en grande. Y yo bailé con Dru.

Cuando me acerqué a pedirle que bailara, me miró a los ojos y aceptó. Bailamos sin decirnos nada hasta que paró la música. Luego, mirándola, le dije:
—Podría bailar contigo toda la vida.

Ella me miró, y le brillaban los ojos. —¡Creo que pasarías mucha hambre! —dijo.

Ollie habló con don Luis y con Torres, y llevó a Torres a donde Jim Carpenter, y llevó a los dos a donde Al Brooks. Hablaron un rato, y Torres dijo que los mexicanos apoyarían a Orrin, y allí mismo Orrin consiguió el nombramiento.

Orrin se acercó y nos dimos la mano. —Tyrel, lo

conseguimos —dijo—; lo logramos. Mamá ya tiene su casa y los muchachos aquí tendrán buenas oportunidades.

—Sin pistolas, espero.

Orrin me miraba. —También lo espero yo. Tyrel, los tiempos están cambiando.

Cuando terminó la tarde los invitados tomaron sus carruajes o subieron a sus monturas y regresaron a casa. Mamá entró para ver la casa.

Habíamos comprado algunas cosas que pensamos le gustarían y otras que nos había encargado. Un reloj de pared, una cómoda, algunas mesas y sillas finas y una enorme cama de cuatro postes. La casa sólo tenía tres habitaciones, pero construiríamos más. De todos modos, como Orrin y yo llevábamos tanto tiempo durmiendo a la intemperie, nos costaba acostumbrarnos a una casa.

Acompañé a Dru a su carruaje y nos quedamos de pie hablando junto a una rueda. —Lo he pasado muy bien hoy —dije.

—Has traído a tu madre a su casa —dijo ella—. Eso está muy bien. Tye, mi abuelo te admira mucho. Dice que eres muy buen hijo y un buen hombre.

Miré como se alejaba el carruaje de Dru, y eso me hizo pensar otra vez en el dinero. Es un tanto a su favor si un hombre que está haciendo la corte tiene dinero, y yo no tenía alguno. En verdad, la finca nos pertenecía a Orrin y a mí. Pero ni la tierra ni el ganado tenían por aquel entonces mucho valor. Y el dinero en efectivo escaseaba.

Orrin iba a estar ocupado, por lo tanto el dinero era mi quehacer.

Orrin se esforzaba estudiando a Blackstone. En

algún sitio consiguió un libro de Montaigne, y leyó también las *Vidas* de Plutarco y se suscribió a un par de periódicos del este. Leía todas las noticias políticas que encontraba, y montaba por la comarca y la gente hablaba con él, contándole sus problemas. Orrin sabía escuchar y siempre estaba listo para echarle una mano a quien lo necesitara.

Eso fue después. Después de la noche en que Orrin demostrara a la gente que él era el alguacil de Mora. Ésa fue la noche que tomó posesión y puso los puntos sobre las ies. Y créanme que Orrin es de ideas fijas.

Al anochecer, Orrin subió por la calle llevando el distintivo, y los colonos que merodeaban por allí le observaban detenidamente. Tener un alguacil era una novedad, y a ellos les hacía gracia. Lo espiaban para ver por donde lo podían agarrar.

Lo primero que hizo Orrin fue ir a la cantina, donde caminó hasta la puerta trasera y clavó en ella un aviso en inglés y en castellano.

No se desenfundará ni se disparará ninguna pistola en el pueblo.
No se tolerarán alborotos, peleas o bullicio.
Se encerrará a los borrachos en la cárcel.
A los reincidentes se les pedirá que abandonen el pueblo.
No se molestará de ningún modo a ningún ciudadano.
Se prohíben las carreras de novillos y caballos en la calle.
Cuando se les requiera, los residentes o visitantes deben probar que tienen medios para mantenerse.

Esta última regla era para todos los indeseables que pululaban por la calle, molestando a los ciudadanos, buscando pleitos y creando todo tipo de problemas.

El enorme Ben Baker había sido marinero en un buque de quilla en el Missouri y en el Platte y era un alborotador de renombre. Era varias pulgadas más alto que Orrin, pesaba doscientas cuarenta libras y quiso tantear al nuevo alguacil.

Y no perdió tiempo. Caminó derecho hasta el aviso, lo leyó en alto y lo arrancó de la puerta.

Orrin se puso de pie.

Ben sonrió y agarró por el cuello una botella que había en la barra.

Orrin lo ignoró, recogió el aviso, lo volvió a poner en la puerta, se dio la vuelta y propinó un golpe en el estómago a Ben Baker.

Cuando Orrin pasó por delante de él para colocar el aviso de nuevo, Ben había esperado a ver qué pasaba. Como estaba acostumbrado a hablar antes de pelear, había bajado la botella, por lo que el golpe de Orrin lo cogió por sorpresa. Abrió la boca, jadeó y se le doblaron las rodillas.

A continuación Orrin, muy tranquilo, le pegó un puñetazo en la barbilla que le hizo desplomarse a sus pies. Atacar por sorpresa era algo propio de Ben, pero no lo esperaba de Orrin.

Cuando se incorporó Ben, arremetió amenazando con la botella; yo pudiera haberle dicho que era un necio. Parando el golpe con el antebrazo izquierdo, acto seguido Orrin le metió un gancho en la mandíbula con el puño izquierdo. Agarró al gigante y lo arrojó lejos doblado. Ben aterrizó violentamente y Orrin esperó de nuevo a que se levantara.

Orrin actuaba como el que no quiere, como si no fuera con él. Estaba dándole una paliza a Ben casi sin intentarlo.

Ben estaba tambaleante y sorprendido. La sangre le chorreaba por la mandíbula, y aunque estaba aturdido, se puso en pie.

Orrin lo ignoró, pero cuando Ben se lanzó a darle un puñetazo, Orrin le agarró por la muñeca y lo arrojó al suelo en una voltereta al estilo de un luchador. Esta vez se levantó más despacio, porque era pesado y le había propinado una buena tunda. Orrin esperó unos segundos y lo derribó de nuevo de un empujón.

Ben se quedó en el suelo mirando a Orrin. —Pegas bien —dijo—, tienes puños de hierro.

En aquella época la gente no sabía luchar con los puños. Sólo tipos como Ben luchaban con algo que no fuera un arma. Ben había ganado muchas peleas porque era grande y fuerte y había aprendido a luchar en los barcos del río.

Papá nos había enseñado a pelear bien. Era muy diestro en la lucha libre de Cornualles, y aprendió a pelear con los puños de un boxeador que boxeaba a puño limpio que conoció en uno de sus viajes.

Ben estaba desorientado. Su fuerza se había vuelto contra él, y todo lo que hacía a Orrin le fallaba. Si hubiera hecho más fresco, Orrin ni habría sudado.

—¿Suficiente? —preguntó Orrin.

—Todavía no —dijo Ben, levantándose.

Así era de idiota. Era triste porque hasta ese momento Orrin había estado jugando con él. Ahora Orrin se dejó de bromas. Cuando Ben Baker se enderezó, Orrin le golpeó la cara con los puños antes de que reaccionara. Baker intentó embestirle, pero Orrin le agarró y le propinó tres golpes en las tripas con la izquierda, y de otro le rompió la nariz con la derecha. Ben desistió y quedó sentado en el suelo, pero Orrin lo agarró por el pelo, lo levantó del piso y le despachó otros cuatro puñetazos en la cara, lo empujó hasta la barra y dijo: —Pónganle algo de beber. —Tiró unas monedas en la barra y se marchó.

A mí me pareció que Orrin había asumido el mando.

Después de este incidente no hubo más problemas. Orrin metía a los borrachos en la cárcel y por la mañana los soltaba.

Orrin era rápido, tranquilo y no perdía el tiempo hablando. Al fin de la semana había encarcelado a dos tipos por disparar sus pistolas en el pueblo y les había puesto una multa de veinticinco dólares y las costas. Eran de la cuadrilla de Pawnee Rock. Orrin les ordenó que salieran del pueblo o que se pusieran a trabajar.

Bob y yo cabalgamos hasta Ruidoso con Cap Rountree a recoger una manada de casi cien cabezas que había comprado para el rancho.

Ollie Shaddock había contratado a un ayudante para su colmado y dedicó mucho tiempo a hablar de Orrin a la gente. Bajó a Santa Fe, fue a Cimarrón y a Elizabethtown por negocios, pero siempre tenía tiempo para referirse a la candidatura de Orrin a legislatura.

Desde que lo nombraron alguacil no se registró ningún asesinato en Mora, sólo un apuñalamiento, y la mayoría de los colonos se habían mudado a Elizabethtown o a Las Vegas. La gente comentaba de Orrin desde Socorro hasta Silver City.

En la Concesión hubo otro asesinato. Tirotearon a un primo de Abreu por la espalda. Dos de los jornaleros mexicanos dejaron sus puestos y se volvieron a México.

Chico Cruz había matado a un colono en Las Vegas.

Jonathan Pritts viajó a Mora con su hija y compró una casa allí.

Habían transcurrido dos semanas desde la inauguración del rancho hasta que pude ir a visitar a Dru. Me encontró en la puerta y me llevó a ver a su abuelo. Estaba metido en la cama y tenía un aspecto muy frágil.

—Que alegría verle, señor —dijo, casi susurrando—. ¿Qué tal su rancho?

Me escuchó y asentía con la cabeza pensativamente. Teníamos tres mil acres de pasto bien irrigado. Un rancho pequeño comparado con los demás.

—No es suficiente —dijo finalmente— tener propiedades en estos días. Uno debe tener los medios para vigilarlas. Si uno no es fuerte, no hay esperanza.

—Pronto estará usted como nuevo —dije.

Me sonrió, aunque sabía que lo decía para hacerle sentir bien. De hecho, en ese momento no le daba ni un mes de vida.

Jonathan Pritts, dijo, reclamaba una nueva evaluación de la Concesión, argumentando que los verdaderos límites de la Concesión eran inferiores a los terrenos que se arrogaba el don. Era una nueva y molesta forma de azuzarlo, porque los límites de las Concesiones eran en buena parte cordilleras o cerros y difíciles de delimitar. Si Pritts lograba nombrar a su propio topógrafo, medirían los terrenos de don Luis y le echarían del rancho.

—Tendremos un verdadero problema —dijo por fin—. Enviaré a Drusilla a México hasta que pase todo.

En ese momento sentí que iba a perderlo todo. Si se iba a México nunca regresaría, porque el don no iba a ganar esta lucha. Jonathan Pritts era un hombre sin escrúpulos, y no se detendría ante nada.

Me quedé sentado con el sombrero en la mano sin saber que decir, pero ¿qué podía yo ofrecer a una muchacha como Drusilla? No tenía un mango. En esos momentos estaba intentando conseguir dinero para los gastos de explotación, y no era el momento para hablar de matrimonio con una muchacha que estaba acostumbrada a cosas que yo nunca podría darle, aunque me escuchara.

El don alcanzó mi mano casi sin fuerza. —Señor, usted es como mi hijo. Drusilla y yo le hemos visto poco, pero lo respeto y aprecio. Me temo que no me queda mucho tiempo, y soy el último de mi familia. Sólo queda Drusilla. Si hay algo que usted puede hacer para ayudarla... para cuidarla.

—Don Luis, me gustaría... pero no tengo dinero. Ahora mismo estoy pelado. Necesito conseguir dinero para continuar con el rancho.

—Hay otras cosas, mi hijo. Usted tiene fuerza y juventud, y eso es lo que necesitamos ahora. Si yo tuviera fuerza...

Drusilla y yo nos sentamos en una mesa en el cuarto y la india nos sirvió. La miré y el corazón me dio un vuelco. La quería tanto. ¿Pero qué podía hacer? Siempre había algo que se interponía entre nosotros.

—¿Don Luis me dice que te vas a México?

—Tye, así lo quiere él. Tenemos muchos problemas por aquí.

—¿Y Juan Torres?

—No es el mismo... Algo le ha pasado. Creo que tiene miedo.

Chico Cruz...

—Te extrañaré.

—No me quiero ir, pero debo hacer lo que ordena mi abuelo. Estoy angustiada por él, pero si me voy quizás haga lo que tiene que hacer.

—¿Puedo ayudarte en algo?

—¡No! —Lo dijo tan rápida y violentamente que entendí lo que quería decir. Los dos sabíamos lo que debía hacerse: echar a Chico Cruz, despedirlo, mandarlo lejos. Pero Dru no pensaba en eso, sino en mí, y quería protegerme.

Chico Cruz...

Ése y yo nos conocíamos bien, y cada uno sentía algo acerca del otro.

Si se tenía que hacer esto, lo haría yo. El don no se iba a recuperar, y los dos sabíamos que cuando nos depidiéramos esa noche, podía ser que no volviéramos a vernos. Don Luis no tenía fuerzas, y su recuperación tomaría semanas o incluso meses.

Entendí lo que estaba pasando. Torres le tenía miedo a Cruz, y los otros, que lo sabían, no lo respetaban. No había líder, y no era nada que Cruz hubiera hecho o fuera a hacer. Dudé hasta de que pensara hacer algo... la cosa era su maldad intrínseca, sus ganas de matar.

Lo que se hiciera tenía que hacerse ahora, en seguida, de modo que mientras comíamos y hablábamos yo reflexionaba. Esto no era un asunto de Orrin ni de Cap, ni de nadie, sino mío, y tenía que hacerlo esa noche, antes de que las cosas no tuvieran remedio.

Quizás entonces ella se quedaría, porque sabía que si se marchaba nunca la vería de nuevo.

En la puerta le agarré la mano... era la primera vez que tenía el valor de hacerlo. —Dru... no te preocupes. Vendré a verte de nuevo. —Y de repente dije algo que había estado pensando—: Dru... te quiero.

Luego me alejé, mis tacones resonando sobre el piso mientras cruzaba el patio. Pero no fui a mi caballo, sino al cuarto de Juan Torres.

Parecía extraño que un hombre hubiera cambiado tanto en los tres años que nos habíamos conocido. ¿Tres años? Había cambiado en pocos meses. Y Cruz era el responsable, no por sus amenazas, sino por la tensión de su presencia.

—¿Juan...?

—¿Señor?

—Acompáñame. Vamos a despedir a Chico Cruz.

Estaba sentado muy quieto detrás de la mesa, me miró y se levantó despacio.

—¿Piensa que se irá?

Me miró. Sus ojos buscaban los míos, esperando una respuesta. Le dije lo que sentía: —Me da igual si se queda o se va.

Caminamos juntos hasta el cuarto de Antonio Baca. Estaba jugando a las cartas con Pete Romero y otros.

Nos detuvimos frente a la puerta y dije: —Empezaremos por aquí. Tú le hablas.

Juan dudó un instante, entonces entró en el cuarto y lo seguí. —Baca, ensille su caballo y váyase... y no vuelva más.

Baca lo miró, y luego me miró a mí, y dije: —Ya oyó lo que dijo Torres. Lo intentó una vez a oscuras cuando estaba de espaldas. Si lo intenta ahora no tendrá tanta suerte.

Colocó las cartas en un ordenado montón, y por primera vez parecía perdido. Entonces dijo: —Hablaré con Chico.

—Nosotros hablaremos con Chico. Usted váyase. —Saqué mi reloj y añadí—: Ya oyó a Torres. Tiene cinco minutos.

Dimos la vuelta, bajamos por el pasillo de las habitaciones y nos detuvimos ante una que estaba en la penumbra. Torres encendió una cerilla y prendió el candil. Lo sostuvo en la ventana y yo traspasé la puerta primero.

Chico Cruz estaba sentado en la oscuridad. Torres le dijo: —Chico, no le necesitamos más. Se puede ir.

Miró a Torres con ojos impávidos y luego me miró a mí.

—Tenemos problemas —dije—, y usted no facilita las cosas.

—¿Ha venido a echarme? —Sus ojos me estudiaban con cuidado.

—No será necesario. Usted se irá.

Tenía el brazo y la mano izquierda sobre la mesa y jugaba con una bala calibre .44. La mano derecha la tenía en el regazo.

—Le dije que un día nos encontraríamos.

—Habla como un necio. Juan le ha dicho que se acabó. Aquí no hay más trabajo para usted, y necesitan el cuarto.

—Me gusta aquí.

—Más le gustará estar en otra parte. —Torres

habló atrevidamente. Le estaba volviendo el valor—. Se irá ahora... esta misma noche.

Cruz lo ignoró. Tenía sus ojos sombríos e imperturbables clavados en mí. —Señor, creo que lo mataré.

—Habla tonterías —dije indiferente, y con mi bota levanté de un veloz puntapié el tablero de la mesa. Se echó hacia atrás y al saltar para esquivarla, se tropezó y cayó al suelo. Antes de que pudiera agarrar su pistola le di una patada en la mano, lo agarré rápidamente por la camisa y lo jalé del suelo, le quité el revólver y lo dejé caer de nuevo.

Sabía que yo sabía usar la pistola y lo esperaba, pero yo no quería matarlo. Se agarró la muñeca y me miró fijamente, como una serpiente sin pestañear.

—Cruz, ya le advertí.

Torres caminó hasta la litera y empezó a meter la ropa de Chico en las alforjas y a enrollar su saco de dormir. Chico seguía refregándose la muñeca.

—Si me voy, atacarán la hacienda —dijo Cruz—, ¿es eso lo que buscan?

—No. Pero nos arriesgaremos. Lo que no podemos arriesgarnos es a tenerlo aquí. Hay algo ponzoñoso que viaja con usted.

—¿Y con usted no? —Me miró inquisidor.

—Quizás... Sin embargo, no me voy a quedar aquí.

Afuera escuchamos el sonido de un caballo; echamos un vistazo y era Pete Romero con el caballo de Chico.

Chico caminó hasta la puerta y me miró. —¿Y mi pistola? —preguntó, subiéndose a la montura.

—Puede necesitarla —dije—, y no me gustaría que se encontrara sin ella.

Así que le entregué el arma y la dejé cargada. Curioso, abrió la verja de entrada y jugó con el cilindro, y luego me observó mientras sujetaba la pistola en la palma de la mano, su cara sin expresión.

Permanecimos así unos segundos. No sabía lo que estaría pensando. Tenía motivos para odiarme y razones para matarme, pero tenía una pistola en la mano y me miraba desde lo alto del caballo. Yo tenía mi pistola en la funda.

Dio la vuelta a su caballo. —No creo que nos volvamos a ver —dijo—, pero sepa que le aprecio, señor.

Juan Torres y yo nos quedamos de pie hasta que el galopar de su caballo se perdió en la lejanía.

CAPÍTULO 13

JONATHAN PRITTS TRAJO consigo un instrumento más peligroso que cualquier arma: una imprenta. En un territorio hambriento de noticias y escaso de publicaciones, se leería un periódico, y la gente creería lo que se publicaba porque, razonaban, si no fuera verdad, no estaría impreso.

La gente no concibe que el escritor de un libro o el editor de un periódico pueda tener sus propios planes, estar influido por otros o no tener toda la información sobre lo que escribe.

Don Luis sabía lo de la imprenta de Pritts antes que los demás, y era una de las razones por las que quería que su nieta se fuera del país, porque podrían utilizar el periódico para caldear los ánimos. Y las cosas no eran como antes.

Don Luis me mandó buscar y ofreció venderme cuatro mil acres de su finca lindante con la mía. Fue su idea y me lo vendió a crédito.

—Será suficiente, señor. Usted es un hombre de fiar, y le hace falta el terreno. —Ese día estaba levantado y sonriente añadió—: Además, será un terreno que no me arrebatarán y a usted no intentarán quitárselo.

También compré a crédito trescientas cabezas de ganado joven. En ambos casos las notas tenían como beneficiaria a Drusilla.

El don estaba angustiado, y era inteligente. Estaba

claro que se avecinaban conflictos. La derrota había encolerizado a Jonathan Pritts, y no cesaría hasta destruir al don o a sí mismo.

Algunos de sus colonos se habían mudado a Las Vegas, aunque otros se habían ido a Elizabethtown y a Cimarrón, y seguían creando numerosos problemas en ambos lugares. Pero el don era listo... los colonos no intentarían quitarme los terrenos y el ganado que me vendió el don, y él se sentía seguro de que yo cumpliría mis compromisos y eso beneficiaría a Drusilla.

En estos días veía muy poco a Orrin. Juntos teníamos unas mil cabezas en la finca, ganado joven que representaba dinero. Tenía pensado no vender nada durante tres años para poderles sacar beneficio.

Orrin y los muchachos y yo lo habíamos acordado así. No sabíamos cómo manejar esas enormes manadas que tenían algunos, o cómo cultivar grandes extensiones de terreno. Quería los títulos de propiedad de la tierra que usara, y pensé que sería mejor tener poco ganado, conservar el forraje restante en pasto y vender reses bien cebadas. Habíamos averiguado que el buen ganado se pagaba a muy buen precio.

Drusilla se había marchado.

El don estaba mejor, pero había más problemas. Los colonos se habían instalado en un valle al este de su propiedad, y Pritts utilizaba su periódico para agitarlos.

Entonces nombraron a Orrin *sheriff* del condado, y él le pidió a Tom que fuera su ayudante.

———

TENÍAMOS UN RANCHO y todo marchaba bien. Pero necesitábamos dinero, y si quería conseguirlo era el momento de intentarlo. En el rancho no había nada que hacer que los muchachos no podían hacer ellos mismos, pero yo tenía deudas con el don y era hora de ganar dinero.

Cap Rountree cabalgó hasta el rancho. Desmontó del caballo y se sentó a mi lado sobre unos peldaños.

—Cap —pregunté—, ¿conoces Montana?

—Sí. Buen sitio, mucho pasto, muchas montañas, muchos indios y poca gente. Excepto por Virginia City. Han descubierto oro por ahí.

—Eso fue hace unos años.

—Todavía queda. —Sus viejos ojos me miraron perspicaces—. ¿Te tienta?

—Cap, necesito dinero. Estamos endeudados y no me gusta deberle a nadie. Podríamos ir al norte y ver qué encontramos. ¿Quieres venir?

—¿Por qué no? Estoy inquieto.

Fuimos a visitar a Tom Sunday. Tom bebía como un cosaco. Se había comprado un rancho a diez millas del nuestro. Tenía buen pasto, una buena casa, pero tenía una cuadrilla de salvajes, y no se parecían a él, que era un ganadero de categoría.

—Me quedaré aquí —dijo finalmente—. Orrin me ofreció un trabajo de ayudante de *sheriff,* pero no lo voy a aceptar. Creo que presentaré mi candidatura a *sheriff* en las próximas elecciones.

—A Orrin le gustaría contar contigo —dije—. Es difícil conseguir buenos hombres.

—Maldita sea —dijo Tom enfadado—, él debería estar trabajando para mí. Ese trabajo me corresponde a mí.

—Quizás. Tuviste la oportunidad.

Se sentó en la mesa y miró malhumorado por la ventana.

Cap se levantó. —Ven con nosotros —rogó—; aunque no encuentres oro, verás un país hermoso.

—No gracias —dijo—, me quedo aquí.

Montamos a los caballos y Tom puso una mano en mi montura. —Tye, no tengo nada contra ti. Eres un buen hombre.

—Tom, Orrin también lo es, y además te aprecia.

Me ignoró. —Que os vaya bien. Si os metéis en algún lío, escribidme e iré a rescataros.

—Gracias. Y si te metes en algún lío, nos mandas a buscar.

Cuando partimos galopando, aún seguía parado en los peldaños del porche.

—Cap, desde que lo conozco —dije—, es la primera vez que veo a Tom Sunday sin afeitar.

Cap me miró distante con sus fríos ojos. —Pero había abrillantado su pistola —dijo—; no se olvidó de eso.

———

Los ÁLAMOS TEMBLONES eran como manojos de velas doradas sobre las colinas verdes, y cabalgando al norte entramos en un mundo diferente. —En menos de dos semanas se nos congelarán las orejas —comentó Cap.

Tenía una vista aguda y todas las mañanas olfateaba la brisa como un lobo a la caza del búfalo. Estaba rejuvenecido, al igual que yo. Quizás nací para recorrer el país salvaje, vivir de él y seguir cabalgando.

En Durango nos contrataron dos semanas unos vaqueros para juntar ganado, enlazar los terneros y marcarlos con el hierro. Después continuamos rumbo al oeste hasta las Abajo Mountains, a veces llamadas las Blues. Era un país vasto; parecía que dos tercios estuvieran sobre un precipicio. Cabalgamos por territorio que parecía el infierno con el fuego apagado, y por la noche acampábamos entre los pinos verdes.

Nuestra diminuta hoguera era la única luz en una inmensa y oscura noche. Por donde miráramos había tinieblas y estrellas. El olor a café y a madera quemada era agradable. Hacía tres días que no veíamos un jinete. Desde que acampamos entre los pinos en las Blues, tampoco habíamos visto ninguna huella. Excepto algunas de ciervos, pumas y osos.

En Pioche conseguí un trabajo de escolta de una empresa de diligencias. Cap Rountree manejaba las riendas. Hicimos ese trabajo durante dos meses.

Sólo hubo un intento de atraco mientras estuve en ello porque, aparentemente, yo tenía fama. El atraco no benefició a nadie, porque salté de la diligencia y de un tiro le quité el revólver a uno de los bandidos —aunque fue un accidente, porque resbalé con una piedra y fallé el disparo— y le pegué dos tiros al otro individuo.

Los llevamos al pueblo, y el herido sobrevivió. Vivió, pero no aprendió... seis meses más tarde lo agarraron robando un caballo y lo ahorcaron en la verja del rancho más cercano.

Nos quedamos en South Pass City esperando que mejorara el tiempo, y leí en el periódico que Orrin se presentaba a la legislatura del estado. Tenía muy buena reputación. Orrin era joven, pero era el momento para la juventud. Tenía la misma edad que Alexander Hamilton en 1776, era mayor que William

Pitt cuando fue canciller de Inglaterra. Y la misma edad que Napoleón cuando terminó su campaña italiana.

Encontré un libro de Jomini sobre Napoleón, y otro de Vegetius sobre las tácticas de las legiones romanas. Casi siempre leía periodicuchos, porque era lo único disponible, aunque a veces conseguía clásicos encuadernados que obsequiaba la compañía Bull Durham a cambio de cupones. Estos libros se encontraban por todo el oeste. Algunos vaqueros habían leído la colección entera, unos trescientos sesenta volúmenes.

En las montañas acampábamos al borde de los arroyos, donde pescábamos y cazábamos para subsistir. De vez en cuando peleábamos contra los indios. En una ocasión adelantamos a una banda de pies negros, y en otra tuvimos un tú a tú con unos sioux. Acabé con un corte en la oreja, y Cap perdió su caballo, así que finalmente entramos en Laramie montados los dos en mi caballo de Montana.

La primavera estaba por llegar, y cabalgamos hacia el norte siguiendo el tiempo cambiante y solicitamos el título de una parcela de tierra al lado de un arroyo en Idaho. Pero nada de esa actividad me contentaba. Lo único que hacíamos era sobrevivir. Vendimos unas pieles a buen precio y envié dinero a don Luis y a casa.

Había un pueblo insignificante cerca de nuestra parcela. Es decir, no era un pueblo de verdad, sino un conjunto de chozas y una taberna llamada la Rose-Marie. Un hombre enorme de cara colorada y cuadrada, pelo rojizo y diminutos ojos azules regentaba el sitio. Plantó sus enormes manos sobre la barra y vi que en los puños tenía las cicatrices de múltiples peleas. Te escudriñaba como calculara que valías algo.

—¿Qué desean, señores? ¿Algo para desempolvarse?

—Algo de esa botella del armario —contesté. Le había visto tomar un trago—. Nos tomaremos un trago de ese bourbon.

—Les recomendaría el güisqui de barril.

—Seguro que sí, pero queremos el de la botella.

—Es mi güisqui y no lo vendo.

Había dos hombres sentados en una mesa que nos estudiaban. Noté que los tipos no pagaron la consumición. Me daba la impresión de que trabajaban para el negocio, pero si fuera cierto, ¿qué hacían?

—Me llamo Brady —dijo el pelirrojo—. Martin Brady.

—Estupendo —dije—, un hombre tiene que llamarse algo. —Pusimos el dinero en la barra y nos marchamos—. Guarde bien esa botella. Conocemos el güisqui de barril.

A los tres días sólo habíamos conseguido una o dos pepitas. Enderezándome de cavar, dije: —Cap, por lo que oigo, deberíamos comprar un burro; cuando se desvíe, lo seguimos, y cuando lo veamos escarbar la tierra con la pezuña, ahí es donde debemos cavar, o si le tiramos una piedra para ahuyentarlo, esa misma piedra resulta ser de puro oro.

—No creas todo lo que oyes. —Se empujó el sombrero hacia atrás—. He estado mirando la tierra. Y este arroyo lleva fluyendo siglos —señaló el fondo de un viejo arroyo—. Si hay oro en el arroyo, más habrá en ese fondo.

En el banco cortamos la madera y construimos un

canal para llevar el agua y una caja de lavado. El proceso de extraer oro de lavaderos no es sólo sacar arena del arroyo y lavarla en una palangana. La cantidad de oro que se consigue así es ínfima. Se gana más marcando vacas o protegiendo diligencias.

Lo que hay que hacer es localizar algo de color y elegir un lugar que prometa, como este banco, y cavar un pozo hasta la base de la roca, raspando para alcanzar las grietas, aflojar las losas y trabajar la grava acumulada abajo. El oro es pesado, y con los años se entremezcla con la arenilla o la grava hasta que se deposita en la roca.

Cuando llegamos a seis pies y más de profundidad empezamos a ver buen color, y trabajamos toda la tierra que sacamos a partir de ahí. Por la noche me sentaba a leer lo que tuviera a mano, y poco a poco aprendí bastantes cosas.

En la parcela lindante con la nuestra había un tipo llamado Clark que me prestó varios libros. Casi todos los libros que se conseguían eran bastante buenos... nadie quería transportar tan lejos los que no lo fueran.

Una noche Clark se acercó a nuestra hoguera.

—Cap, haces el mejor pan de harina agria que he comido en mi vida. Lo voy a echar de menos.

—¿Te marchas?

—Cap, ya he excavado suficiente. Salgo mañana. Regreso a los Estados para reunirme con mi esposa y con mi familia. Trabajé en una tienda seis o siete años y siempre quise tener una.

—Ve con cuidado —dijo Cap.

Clark miró a su alrededor y dijo en bajo: —¿Han escuchado esas historias también? ¿De los asesinatos?

—La semana pasada encontraron el cuerpo de Wilton —dije—; le habían enterrado en una tumba poco profunda y los coyotes sacaron el cuerpo.

—Lo conocía. —Clark aceptó otro plato de carne y frijoles y continuó—: Me creí las historias. Wilton llevaba un buen saco, pero no era un hombre que alardeara.

Se sirvió más frijoles e hizo una pausa. —Sackett, se dice que usted sabe manejar una pistola.

—Exageran.

—Si me acompañan les pagaré cien dólares a cada uno.

—Es mucho dinero. Pero, ¿qué ocurrirá con nuestro título de extracción?

—Muchachos, es muy importante para mí. Ya hablé con Dickey y Wells; son tipos de fiar y dicen que vigilarán vuestro título.

Cap encendió su pipa y yo serví el café. Clark no se lo estaba inventando. La mayoría de los mineros que se jugaban el dinero en la Rose-Marie en el pueblo no tenían problemas cuando se iban. Sólo los que intentaban irse con el dinero. Había tres que se habían hecho ricos con el oro que se preguntaban cómo salir del pueblo con vida y con el dinero que habían conseguido.

—Clark —dije—, Cap y yo necesitamos la plata. Le ayudaríamos aunque no nos pagara.

—Créanme, merece la pena.

Me puse en pie. —Cap, voy al pueblo a hablar con Martin Brady.

Clark se levantó. —¡Está loco!

—Clark, no quiero que piense que somos unos embusteros, así que le diré que nos vamos mañana. También le diré qué pasará si alguien nos molesta.

Cuando entré en la Rose-Marie había treinta o cuarenta hombres. Brady se acercó, secándose sus enormes manos en el delantal. —Nos hemos quedado sin bourbon —dijo—; tendréis que tomar el güisqui normal.

—Sólo vine a decirle que Jim Clark se va mañana y que se lleva todo el oro que le queda.

Se podía oír rebotar un alfiler. Hablé bien fuerte para que todos me oyeran. El puro de Brady se movió entre sus dientes, y él se puso blanco. Yo tenía los ojos clavados en los dos sujetos que estaban al final de la barra.

—¿Por qué me lo dice? —No sabía lo que se avecinaba, pero sí que no le iba a gustar.

—Alguien podría pensar que Clark va solo —continué—, y podrían intentar asesinarlo como a Wilton, Jacks y Thompson, pero no sería honesto cabalgar con Clark y matar al que trate de robarle el oro. Clark va a salir de aquí con vida.

—Espero que así sea. —Brady rotó el puro de nuevo, y sus pequeños y fríos ojos me comunicaron su odio—. Es un buen hombre.

Empezó a alejarse, pero yo no había terminado con él.

—¿Brady?

Se volvió despacio.

—Clark saldrá porque voy a asegurarme de que lo hace y después regresaré por aquí.

—¿Y? —puso sus grandes manos al borde de la barra—. ¿Qué quieres decir con eso?

—Pues que si encontramos algún problema, regresaré aquí y te voy a echar del pueblo o a enterrarte.

Alguien exhaló y Martin Brady palideció, así estaba de enfadado.

—Pensaría que me estás llamando ladrón —dijo manteniendo sus manos a la vista—, y si eso es así, tendrías que probarlo.

—¿Probarlo? ¿A quién? Todos sabemos que las muertes y los robos han sido obra tuya. Aquí el único tribunal que hay es una pistola de seis tiros, que yo presido.

Y no pasó nada. Como suponía y era sabido por todos, Martin Brady ahora tendría que matarme. Pero en ese momento no se atrevió. Pusimos a Clark en el camino y regresamos a la mina.

Casi llegamos al lecho de la roca y queríamos limpiar todo y largarnos. Echábamos de menos a Santa Fe y Mora. Además, yo seguía pensando en Drusilla.

Cuando llegamos a la parcela, Bob Wells estaba sentado con un rifle en las rodillas. —Me estaba empezando a angustiar —dijo—; no creo que Brady se quede sin hacer nada.

Dickey y algunos otros se acercaron. A dos de ellos los recordaba de la taberna Rose-Marie la noche en que reté a Martin Brady.

—Estábamos comentando —dijo Dickey—, y pensamos que te deberías presentar a alguacil.

—No.

—¿Puedes recomendarnos a alguien? —preguntó Wells, razonable—. Esta fiebre del oro se va a terminar, pero algunas minas continuarán, y pienso quedarme aquí. Quiero abrir un negocio y que éste sea un pueblo decente.

Todos los otros añadieron algo, y finalmente Dickey

dijo: —Sackett, con todo respeto, creo que es tu deber público.

Ahora empezaba a comprender que la lectura podía traer problemas. Leyendo a Locke, Hume, Jefferson y Madison, empezaba a entender eso de la responsabilidad pública del individuo.

La violencia es nefasta, pero cuando las armas están en manos de gente que no respeta el derecho ajeno, entonces aparecen los verdaderos problemas.

La gente del este tiene sus motivos para argumentar que la violencia no es la respuesta. Las personas que no creen en la violencia son las primeras en llamar a un policía, y siempre se aseguran de que haya alguno a mano.

—Bien, acepto —dije—, bajo dos condiciones: primero, que otra persona se ocupe del pueblo en cuanto lo limpiemos de mala gente. Segundo, que consigáis suficiente dinero para comprarle el negocio a Martin Brady.

—¿*Comprarlo?* ¡Hay que expulsarlo!

No sé quién gritó eso, pero dije lo que pensaba.
—Quien haya dicho eso, que lo eche.

Reinó el silencio, y cuando se dieron cuenta de que el que habló no iba a dar la cara, continué diciendo:
—Si lo expulsamos, nos pondremos a su altura.

—Bien —dijo Wells—, entonces compremos su parte.

—Creo que alguien se apresura —aclaré—. No dije que debíamos comprar su parte, sino que debíamos *proponer* comprársela. Le hacemos una oferta y todo lo demás depende de él.

Al día siguiente en el pueblo descabalgué delante de la tienda. El viento aventaba el polvo por la calle y esparcía hojas secas por la acera de tablas. Me dio sensación de soledad y de que el pueblo agonizaba.

Pasara lo que pasara aquí, yo iba a hacer algo importante. No sólo para este pueblo, sino para todos, en cualquier lugar, porque los derechos deben protegerse. La fuerza no es la solución, y menos si se permite que engendre la corrupción. El oeste estaba cambiando. Antes habrían organizado una cuadrilla de vigilantes y colgado en la horca. Ahora contrataban a un alguacil. Lo próximo sería reunir un jurado de ciudadanos y un juez y un alcalde.

Martin Brady me vio entrar. También me vieron sus dos compinches, parados ante la barra. Uno de ellos se movió para tener la pistola a mano y no bajo el borde de la barra.

No tenía miedo. Sentía un sosegado y contenido sentimiento de espera.

Todo lo que me rodeaba parecía más nítido, más definido, con más detalle: las sombras, las luces, la madera de la barra, las manchas de los vasos, el ligero temblor en la mejilla de uno de los hombres de Brady, que estaba a cuarenta pies.

—Brady, este país está progresando. La gente se está organizando y quieren tener escuelas, iglesias... y pueblos tranquilos donde puedan pasear por la noche.

No me quitaba el ojo de encima y creo que sabía lo que le esperaba. En ese momento Martin Brady me dio pena, aunque su casta duraría más que la mía, porque se admite mejor el mal que la violencia. Si se oculta el juego criminal, el robo y el asalto, se soporta mejor que la violencia estricta, incluso cuando actúa de purgante de los peores.

La gente opinaba sobre el mal de aquellos días, sin embargo hacía falta hombres duros para vivir esa vida. Hasta su manera de gozar era dura y violenta. Sus integrantes venían del mundo que nos rodeaba, los hijos más jóvenes de familias finas, los descarriados, los soldados de fortuna, los vagabundos, los arruinados, los promotores, los tramposos, los ladrones. La frontera no hacía preguntas y premiaba al más fuerte.

Quizás hicieran falta hombres como Martin Brady, asesinos y ladrones, para fundar un pueblo en el medio de la nada. Se me ocurrió, ¿por qué se llamaría Rose-Marie la taberna?

—Como decía, Martin, el país está creciendo. Has vendido a la gente licor que pudre los intestinos. Les has estafado, robado y asesinado. Pero te pasaste, Martin, porque cuando se empieza a matar, los hombres se defienden.

—¿Qué estás diciendo, Sackett?

—Me han elegido alguacil.

—¿Y?

—Que vendas, Martin Brady. Te pagarán un precio equitativo. Nos vendes tu parte y te marchas.

Se sacó el puro de la boca con la mano izquierda y la colocó en la barra. —¿Y si no quiero vender?

—No tienes alternativa.

Sonrió y se inclinó hacia mí como para decirme algo por lo bajo y me quemó la mano con el cigarro.

Retiré la mano de un tirón y comprendí demasiado tarde la trampa: los pistoleros que estaban en la barra me acribillaron a balazos.

En cuanto retiré la mano las pistolas empezaron a escupir fuego. Un proyectil me apartó de la barra, y dos balas más impactaron en el borde de la barra dónde había estado apoyado.

Me impactó otro tiro y empecé a desplomarme, pero saqué el revólver mientras rodaba por el suelo con las balas impactando sobre las mesas y regándome de astillas de madera los ojos. Disparé al tipo grande de ojos oscuros.

Se aproximaba para rematarme, y le coloqué una bala en el vientre; vi que se paró, dio media vuelta y se desplomó muerto.

Empecé a rodar y a ponerme de pie y por el rabillo del ojo vi a Martin Brady con las manos sobre la barra y el puro entre los dientes, mirándome. Me ardía la camisa a la que había prendido fuego la pólvora, pero disparé al otro tranquilamente, y mi segunda bala le disolvió los dientes en la boca. Un hilo de sangre le salía por la comisura de los labios.

Los dos reposaban en el suelo y ya no se levantarían. Miré a Martin Brady y dije: —Martin, no tienes alternativa.

La cara se le descompuso. Yo sentía que me desmayaba y recordé a Mamá preguntándome por Higgins el Alto.

———

En EL TECHO había grietas. Parecía que llevaba mirándolas una eternidad, y ahí recordé que hacía mucho que no habitaba una casa. Me pregunté si estaba delirando.

Cap Rountree entró al cuarto y viré la cabeza para contemplarlo. —Si éste es el infierno, seleccionaron a las personas ideales.

—No he conocido a nadie que busque tantas

excusas para no trabajar —protestó Cap—. ¿Cuánto más tiempo tengo que hacer el trabajo de esta barraca?

—Eres un viejo pirata —dije—. Nunca has trabajado un día entero en tu vida.

Cap volvió con un cuenco de sopa que empezó a servirme con una cuchara. —Recuerdo que me acribillaron a balazos. ¿Me los tapaste?

—No perderás la sopa. Pero casi te salió toda la arena del cuerpo.

En la mano vi la cicatriz que me dejó el puro. Ésa fue una vez cuando estaba seguro que alguien había sido más listo que yo. Papá nunca me contó esa artimaña, que aprendí de la forma más dura.

—Te pegaron cuatro tiros —dijo Cap—, y perdiste mucha sangre.

—¿Qué pasó con Brady?

—Se largó mientras arreglaban la soga para colgarle. —Cap se sentó—. Lo más cómico es que se presentó aquí la noche siguiente.

—¿*Aquí*?

—Vino a ver cómo seguías. Dijo que eras demasiado bueno para morirte. Que los dos erais unos necios, pero que uno se acostumbra a una forma de vida y es difícil cambiar.

—¿Y los otros?

—Esos muchachos suyos acabaron agujereados como muñecas de trapo.

Afuera de la puerta veía el sol brillar sobre el arroyo y escuchaba correr el agua por encima de las piedras. Pensé en Mamá y en Drusilla, y un día, cuando me pude levantar, miré a Cap.

—¿Queda algo allí afuera?

—Hace semanas que no entra ni un peso. Si quieres continuar con la minería, deberás buscarte otro arroyo.

—Nos iremos a casa. Mañana prepara las sillas de montar.

Me miraba escéptico. —¿Puedes subirte a la silla?

—Sí, si voy a casa. Puedo sentarme en la montura si voy a Santa Fe.

Al día siguiente Cap y yo nos fuimos todo al sur que pudimos, pero había un largo trecho desde Idaho a Nuevo México.

De vez en cuando nos llegaban noticias de los Sackett. Los hombres del sendero traían noticias, y teníamos curiosidad por saber qué pasaba. Las noticias de los Sackett eran todas de Orrin... La historia de lo que pasó en la Rose-Marie tardaría en contarse y preferiría que nunca se contara. Pero Orrin se estaba haciendo famoso. Se rumoreaba que se iba a casar.

Cap me lo dijo porque lo había oído antes que yo, pero no hicimos ningún comentario. Cap sentía por Laura Pritts lo mismo que sentía yo, y pensábamos que era ella.

Cabalgamos derechos al rancho.

Bob salió a recibirnos, y Joe estaba detrás de él. Mamá nos había visto llegar.

Salió a nuestro encuentro. Mamá estaba mejor que nunca, gracias a la falta de problemas y al buen clima. Una mujer navajo le ayudaba ahora con los quehaceres domésticos, y por primera vez Mamá vivía bien.

En el salón había unos estantes, y los muchachos habían empezado a leer.

Había más noticias. Don Luis había muerto... Lo habían enterrado hacía dos días, y los colonos se habían instalado en su propiedad. Torres estaba mal. Había sufrido una emboscada meses antes y ya no era el mismo.

Drusilla estaba en el pueblo.

Y Orrin en efecto se había casado con Laura Pritts.

CAPÍTULO 14

POR LA MAÑANA Orrin vino al rancho en una calesa. Se bajó y se acercó ofreciéndome su mano. Era un tipo apuesto e iba vestido con un traje de paño negro que le sentaba muy bien.

Estaba algo mayor, más seguro de sí mismo, y su voz tenía un tono de autoridad. A Orrin no cabía duda que le había ido bien. Seguía siendo el mismo hombre que antes, aunque mejorado por la educación que había adquirido por sí mismo y por la experiencia que tenía.

—Qué alegría verte, muchacho. Me inspeccionaba mientras me hablaba, y tuve que sonreír porque lo conocía demasiado bien.

—Has tenido problemas —dijo de repente—; te han herido.

Entonces le conté la historia de Martin Brady y de la Rose-Marie, mi breve período de alguacil y mi refriega.

Cuando comprendió lo cerca que había estado de morir, palideció. —Tyrel —dijo despacio—, sé lo que has pasado, pero aquí necesitan a alguien. Necesitan un ayudante de *sheriff* que sea honrado, y estoy seguro que nunca utilizarías tu pistola sin causa.

—¿Alguien ha dicho lo contrario? —pregunté tranquilamente.

—No..., claro que no. —Habló apresuradamente,

e intuí que no me quería decir quién. Esa era la respuesta que necesitaba—. Claro, siempre hablan de la persona que tiene que usar una pistola. La gente no entiende.

Hizo una pausa. —¿Supongo que sabes que me casé?

—Ya me he enterado. ¿Ha ido Laura a ver a Mamá?

Orrin se sonrojó. —A Laura no le gusta Mamá. Dice que no está bien que una mujer fume, y si es en pipa todavía peor.

—Puede que tenga algo de razón —contesté cuidadosamente—; por aquí no se ve mucho, pero así es Mamá.

Dio un puntapié en la tierra, y se le oscureció la cara. —Tyrel, puedes pensar que obré mal, pero la quiero mucho. Laura es diferente, tan bonita, tan delicada, tan refinada. Un político necesita tener a una esposa así. Y cualquier otra cosa que puedas decir de su padre, Jonathan, ha hecho todo lo que ha podido para ayudarme.

De eso estoy seguro —pensé para mí mismo—. Apuesto a que lo ha hecho. Y querrá que le devuelvas el favor. Hasta ahora no había visto que Jonathan Pritts fuera generoso con nada excepto con la tierra que no era suya.

—Orrin, si quieres a Laura, y si te hace feliz, no importa a quién le guste o no. Un hombre tiene que vivir su propia vida.

Salimos del corral y Orrin se apoyó en la valla, y allí nos quedamos charlando sin parar hasta que cayó la noche y salieron las estrellas antes de irnos a cenar.

Había aprendido mucho, y lo habían elegido para la legislatura por mayoría, en buena parte por el voto mexicano, pero en el último minuto los colonos de Pritts también le apoyaron. Había ganado por amplia mayoría, y en la política un hombre que consigue votos puede ser muy importante.

Ya se hablaba de Orrin como senador de Estados Unidos, o incluso para gobernador. Mirándolo por encima de la mesa mientras hablaba con Mamá y los muchachos, le veía de senador... y haría buen papel.

Orrin era un hombre inteligente que había ganado en conocimientos. No se hacía ilusiones sobre cómo se consigue o se conserva el puesto; sin embargo seguía siendo honrado, y no buscaba otra cosa que no fuera lo que podía corresponderle naturalmente.

—Quería que Tom Sunday fuera el ayudante —dijo Orrin—, pero lo rechazó, diciendo que no necesitaba limosna. —Orrin me miraba—. Tye, no lo quise decir de esa manera. Tom me cae muy bien, y necesitaba a un hombre fuerte.

—Tom estaba capacitado —dijo Cap—; es una pena que se sintiera así.

Orrin asintió. —No me parece bien sin Tom. Cap, ha cambiado mucho. Bebe demasiado, pero eso es sólo una parte. Es como un oso viejo con dolor de muelas, y me temo que un día habrá una matanza si sigue así.

Orrin me miraba. —A Tom siempre le caíste bien. Si hay alguien que pueda ayudarlo eres tú. Si otra persona lo intentara, incluyéndome a mí, le pegaría un tiro.

—Bien.

Miguel apareció al segundo día y estuvimos hablando. —Drusilla no quiere volver a verte; me ha enviado para que te lo diga.

—Miguel, ¿por qué?

—Por la mujer con la que se ha casado tu hermano. La señorita cree que el odio de Jonathan Pritts mató a su padre.

—Yo no soy el guardián de mi hermano —contesté despacio—, ni elegí a su esposa. —Miré a Miguel—. Amo a la señorita.

—Lo sé, señor. Lo sé.

El rancho iba muy bien. El ganado que habíamos comprado estaba bien cebado y habíamos vendido algunas reses ese año.

Bill Sexton era el *sheriff,* y en seguida me cayó bien, pero también vi que era hombre de despacho. Estaba hecho para su silla giratoria y su escritorio.

Por Mora todos me conocían, y teníamos pocos problemas. Una vez tuve que perseguir a un par de ladrones de caballos, y los traje de vuelta sin disparar ni un tiro. Localicé su escondite, y mientras dormían les arrebaté las armas antes de que despertaran.

Sólo vi a Tom Sunday una vez. Vino al pueblo, sin afeitarse y con muy mal aspecto, pero cuando me vio sonrió abiertamente y me saludó. Hablamos un rato y nos tomamos un café juntos; parecían los buenos tiempos.

—Una cosa —dijo— que ya no te debe preocupar es Reed Carney. Está muerto.

—¿Qué pasó?

—Chico Cruz lo mató en Socorro.

De repente me dio un escalofrío saber que ese

pistolero mexicano todavía estaba por aquí. Confiaba en que no se acercara por estos parajes.

Después de haber estado trabajando casi una semana, un día vi acercarse una calesa negra y brillante, pero no era Orrin con las riendas. Era Laura.

Salí a recibirla. —Laura, ¿cómo estás? Qué alegría verte.

—Pues a mí no me da ninguna —dijo enojada, arrugando sus finos labios. En ese momento estaba feísima—. ¡Si quieres a tu hermano, te irás de aquí y no volverás nunca!

—Ésta es mi casa.

—Más vale que te vayas —insistió—; todos sabemos que eres un maldito asesino y que has engatusado a Sexton para que te dé el puesto de ayudante. Si te quedas acabarás arruinándonos a Orrin y a mí y a todos.

Había logrado enojarme y le solté: —¿Qué diferencia hay entre ser un asesino o contratar a uno?

Iba a darme un golpe, pero di un paso hacia atrás y ella casi se cae de la calesa. La aferré por el brazo mientras ella tironeaba de él. —Si no te vas, encontraré una manera de obligarte. Odias a mi padre y me odias a mí, y si no hubiera sido por ti no habríamos tenido todos estos problemas.

—Lo siento, pero me quedo.

Dio una vuelta tan cerrada a la calesa que casi la vuelca, y se alejó. No podía por menos que preguntarme si Orrin la había visto alguna vez así. Ya no me recordaba a ese ruano color miel con cabeza de martillo; el caballo era mucho más atractivo.

Mamá no me dijo nada, pero veía que echaba de menos las visitas de Orrin, que cada vez eran menos frecuentes. Siempre que pensaba venir, Laura decía que tenían algo importante que hacer o que ir a algún sitio importante.

Ed Fry se quejaba de que le habían robado ganado. Era vecino de Tom. También habíamos recibido varias quejas acerca de Tom Sunday. Fuera lo que fuera, Tom era un hombre honrado. Me subí a Kelly, el caballo colorado grande, y me fui a su rancho.

Tenía una cuadrilla salvaje, y para que trabajaran Tom tenía que tener mano dura, porque si no, no lograría nada de ellos.

Cuando Tom Sunday me vio llegar se acercó a la entrada. Se quedó contra la jamba de la puerta mientras me miraba atar el caballo.

—Tye, tienes un buen caballo —dijo—; siempre supiste elegirlos bien.

Se puso en cuclillas y empezó a hacer un cigarrillo. Me coloqué a su lado y hablé sobre el rancho. Finalmente le pregunté por su problema con Fry.

Me miró fijamente con ojos duros. —Tye, ése es mi asunto. No te metas.

—Tom, soy el representante de la ley —dije ligeramente—; quiero mantener la tranquilidad todo lo que pueda.

—No necesito ayuda y no quiero ninguna interferencia.

—Tom, escúchame. Me gusta este trabajo. Los muchachos hacen todo lo que hay que hacer en el rancho, por eso pude tomarlo. Si me creas problemas, lo puedo perder.

Sus ojos brillaron con ironía. —Tye, no andes con rodeos. Sé que estás aquí porque has oído cosas de mí y estás preocupado. Bien, las historias son mentira y lo sabes perfectamente.

—Tom, yo lo sé, pero hay otros.

—Al infierno con ellos.

—Eso está bien para ti, pero no para mí. Uno de los motivos por los que vine, además de para ver lo que pasaba, era para verte. Nosotros cuatro siempre hemos estado muy unidos, y deberíamos seguir así.

Miró a lo lejos como abatido. —Tye, nunca me llevé bien con ese hermano tuyo tan alto y tan poderoso. Siempre se creyó mejor que los demás.

—Tom, te olvidas de algo. Siempre lo ayudaste. Lo ayudaste a aprender a leer, casi tanto como a mí. Si está donde está, en parte te lo debe a ti.

Pensé que le agradaría escuchar eso, pero parecía que ni me oía. Aplastó el cigarrillo. —Tengo café —dijo, y enderezándose entró en la casa.

No hablamos mucho mientras tomamos el café. Nos quedamos allí sentados disfrutando del momento. Frecuentemente en nuestras cabalgadas montábamos sin decir palabra, pero con un compañerismo mejor que cualquier palabra.

Sobre la mesa había un libro, *Bleak House* de Charles Dickens. Había leído algunas cosas de Dickens que aparecieron por capítulos en algunos periódicos.

—¿Qué tal es? —pregunté.

—Verdaderamente bueno.

Se sentó enfrente de mí y degustó el café. —Parece que ha pasado una eternidad —dijo tristemente— desde que llegaste a nuestro campamento en Baxter Springs.

—Cinco años —asentí—. Tom, somos amigos desde hace mucho tiempo. En este último viaje, Cap y yo te hemos echado de menos.

—A ti y a Cap os aprecio. Pero tu hermano no me cae bien. Pero lo hará bien —añadió malhumorado—; saldrá adelante y hará que el resto parezcamos unos vagos.

—Te ofreció un trabajo. Ése era el trato: si ganabas tenías que darle trabajo, y si ganaba él te lo daba a ti.

Tom se dio la vuelta. —¡No necesito su maldito trabajo! ¡Demonios, si no hubiera sido por mí nunca se le hubiera ocurrido postularse para el puesto!

Eso no era cierto, pero no quise discutir; al rato me levanté y enjuagué la taza. —Me voy. Tom, ven al rancho a visitarnos. A Cap y a Mamá les gustará verte —añadí—. Orrin no pasa allí mucho tiempo.

A Tom le brillaron los ojos. —Esa esposa suya. Tú sí que la calaste en seguida. Porque si alguna vez vi a una traicionera, es ella. Y su padre... Lo odio a muerte.

Cuando me subí a la montura me volteé para decirle unas últimas palabras. —Tom, evita a Ed Fry, ¿vale? no quiero problemas.

—Mira quien habla —sonrió abiertamente—. Bien, le evitaré, pero si me toca las narices...

Cuando salía me dijo: —Tye, saluda a tu madre de mi parte.

Cabalgando al pueblo me sentí muy mal, como si hubiera perdido algo muy valioso de mi vida. Tom Sunday tenía los ojos inyectados de sangre, estaba sin afeitar y descuidaba todo menos su finca. Montando por su rancho me di cuenta de que fuera lo que fuera, Tom seguía siendo un vaquero de primera. Ed Fry y algunos otros habían comentado que el ganado de Tom estaba aumentando, pero después de ver el rancho no era para menos, porque había buen pasto y cuidaba de que no lo pastaran las reses en exceso, cosa que ni a Fry ni a los otros les preocupaba... y sus manantiales de agua estaban limpios, y además había construido un dique para remansar el agua.

No llovía. A medida que pasaron los meses, las lluvias no llegaban y los rancheros estaban angustiados. Sin embargo, el ganado de Tom Sunday, que vi las pocas veces que cabalgué hasta allí, siempre tenía buena apariencia. Había trabajado mucho para un hombre cuya casa estaba tan desarreglada, y tenía agua suficiente en varios aljibes, y las represas que había instalado conservaban todo el agua, por eso tenía el mejor pasto de los alrededores.

Ed Fry era un envidioso. Me había encontrado con hombres así muchas veces, tipos que si se les mete algo dentro, no se lo pueden sacar. Fry era una exsoldado que nunca había estado en combate, y sin experiencia en luchar. En este territorio, un hombre que no estaba preparado para defender sus palabras con acciones más le valía quedarse quieto. Pero Ed Fry era un hombre vanidoso que hablaba con erudición y demasiado suyo para creer que algo podía pasarle.

Una mañana entré en mi oficina y dije: —Bill, podrías hacernos a ambos un favor si vas a hablar con Ed Fry.

Sexton dejó caer unos papeles y movió el puro de lado a lado en la boca. —¿Ha vuelto a irse de la lengua?

—Seguro que sí. Me llegó de segunda mano, pero

anoche dijo que Tom Sunday es un ladrón. Si Tom lo escucha habrá una pelea. De hecho, si Cap Rountree lo hubiera oído, habría habido un tiroteo.

Sexton me echó una mirada dura. —No me gustaría que lo oyeras tú —dijo bruscamente—, u Orrin tampoco.

—Si pensara así me quitaría este distintivo. En este cargo no hay lugar para los sentimientos personales.

Sexton se puso pensativo. —Hablaré con Ed. Aunque no creo que me escuche. Cada vez está más terco. Dijo que la investigación que hiciste era para encubrir a Sunday y que tú y Orrin lo protegéis.

—Bill, él es un mentiroso, y nadie lo sabe mejor que tú. A fin de cuentas, Tom Sunday es el mejor ganadero que hay por aquí. Borracho o sobrio es mejor ganadero que Ed Fry en cualquier momento.

Sexton se pasó los dedos por el pelo. —Tye, hagamos que Ed acuse o calle. Exijamos saber qué ganado piensa que ha perdido, y por qué exactamente sospecha de Sunday. Que ponga las cartas sobre la mesa.

—Hazlo tú —dije—, a mí acabaría insultándome. Es un necio, hablando por todas partes como lo hace.

Desde que tomé posesión de mi cargo como ayudante de *sheriff*, junto al de alguacil del pueblo, no había tenido que usar mi pistola ni había habido ningún tiroteo en el pueblo. Quería que se mantuviera la cosa así, pero lo que más me preocupaba era evitar que Tom Sunday se metiera en problemas.

Pero hay veces que no se puede hacer nada, y Ed Fry estaba decidido a decir lo que pensaba. Cuando volvió a irse de la lengua fue en la taberna del hotel St. James en Cimarrón, delante de una muchedumbre.

Clay Allison estaba allí, tomándose un trago con

un tipo a quien le iba a comprar unas mulas. Ese hombre era Tom Sunday.

Cap estaba allí y lo vio todo. Cap Rountree sospechaba que Sunday tendría problemas cuando se enteró que Fry iba a ir a Cimarrón. Cap sabía que Sunday había ido allí, así que salió para allá, cambiando de caballos varias veces, pero Fry se le adelantó.

Ed Fry estaba hablando cuando Cap Rountree entró en el St. James. —¡Es un maldito ladrón de vacas! —gritaba Fry—. Ese Tom Sunday es un ladrón, y los Sackett lo protegen.

Tom Sunday había tomado un par de tragos y se volvió despacio a mirar a Ed Fry.

Probablemente Fry no supiera hasta ese momento que Sunday estaba en la taberna, porque según contó Cap, Fry se quedó pálido y empezó a sudar. La gente le había advertido de las consecuencias de ser un charlatán, y ahora se enfrentaba a ellas.

Tom estaba inmóvil. Cuando habló se le podía oír en todas las esquinas del cuarto, así estaba de tranquilo.

—Sr. Fry, me han informado que en numerosas ocasiones ha declarado que soy un ladrón de vacas. Esas son suposiciones suyas sin la menor evidencia. Lo ha hecho porque es un pobre vaquero, inepto y tonto.

Cuando Tom estaba bebido tenía tendencia a hablar muy precisamente, utilizando un lenguaje bastante formal.

—Usted no puede decirme esas cosas...

—Usted ha dicho que soy cuatrero, y que los Sackett me protegen. Nunca he sido ladrón de vacas, ni he robado nada en mi vida, ni necesito protección de los Sackett ni de nadie. Cualquiera que diga algo así es un mentiroso. Un mentiroso de tomo y lomo.

No había levantado la voz, pero había algo en el tono que azotaba como un látigo, incluso las palabras más simples, como Tom las enunciaba, sonaban injuriosas.

Ed Fry saltó del asiento y Tom sólo lo miró. —Por el Señor...

Ed Fry agarró la pistola. Era un tipo grande, pero torpe. Cuando casi tenía la pistola en la mano la dejó caer. Sunday no se movió hasta que Fry empuñó su pistola y empezó a levantarla. Entonces Tom agarró su revolver y lo mató de un tiro.

Cap Rountree nos lo contó a Bill Sexton, a Orrin y a mí en la oficina del *sheriff* dos días más tarde. —Nadie tuvo mejor oportunidad —dijo Cap—. Tom se quedó parado ahí y pensé por un instante que iba a dejar que lo matara Fry. Tye, Tom es bien rápido.

Y la manera como me miró mientras lo decía no la olvidaré nunca.

CAPÍTULO 15

UNOS DÍAS MÁS tarde cabalgué para visitar a Drusilla.

No es que no hubiera querido verla antes; es que no había tenido oportunidad. Esta vez no había nadie que me impidiera el paso, pero me detuve ante una puerta abierta.

Ella estaba de pie allí, alta y pensativa. En cuanto aparecí en la puerta, volvió la cabeza y me miró seria.

—Dru —dije—, te quiero.

Ella contuvo la respiración y se alejó al cuarto malhumorada. —Por favor —dijo—, vete. No sé cómo puedes decir eso.

La seguí al cuarto, donde me dijo despectivamente: —Tye, no deberías haber venido. Y deberías callar ciertas cosas.

—¿Sabes que lo digo en serio?

Ella asintió. —Sí..., lo sé. Pero también quieres a tu hermano, y la familia de su esposa me odia, y yo... yo también los odio.

—Si los odias, parece como si quisieras darles gusto. Creen que pudieron contigo y con tu abuelo porque vives recluida como un ermitaño. Tienes que salir, dejar que la gente te vea, ir a sitios.

—Puede que tengas razón.

—¿Dru, qué te ocurre? ¿Qué vas a hacer? Vine a

traerte el dinero, pero también por otro motivo. Don Luis ya no está; era un hombre bueno y quería que fueras feliz. Dru, eres guapa y tienes amigas. Tu presencia en Santa Fe preocuparía más a Laura y a Jonathan Pritts que cualquier otra cosa. Además, quiero llevarte a bailar. Dru, me quiero casar contigo.

Me miró con ternura. —Tye, siempre he querido casarme contigo. Hace mucho tiempo que hubiera aceptado si me lo hubieras propuesto. La primera vez que nos visitaste en Santa Fe....

—Yo no tenía nada. No era nadie. Un vagabundo con un caballo y una pistola.

—Tye, eras tú.

—A veces tenía tantas ganas de decirte ciertas cosas que casi me ahogaba. Pero nunca encontraba las palabras.

Nos sentamos y tomamos el café como lo habíamos hecho otras veces. Le hablé de Laura y de Mamá, y eso la enfadó.

—Dru, va a haber problemas. No se dónde sucederán, pero Pritts está preparándose para una confrontación. Puede pasar de todo, y cuando pase, quiero estar a tu lado.

Continuamos hablamos hasta que se puso el sol, y no me acordé del dinero que le había traído hasta que me levanté para irme.

Ella lo rechazó. —No, Tyrel, guárdatelo. Inviértelo a mi nombre si quieres. El abuelo me dejó su herencia y ahora no sé ni qué hacer con el dinero.

Tenía sentido lo que decía, y no discutí con ella. Entonces me dijo algo que me debería dar una pista de lo que se estaba cocinando.

—Tye, tengo un tío abogado. Va a iniciar un juicio

para confirmar los títulos de propiedad de nuestra Concesión. Cuando todo esté claro —agregó—, voy a ir a buscar al alguacil de los Estados Unidos para expulsar a los intrusos de la propiedad.

Bien... ¿qué podía decir? Era lo que debía hacerse cuanto antes, aunque no se me ocurría ninguna otra cosa que fuera a crear más problemas que esto.

Jonathan Pritts había instalado a muchos de sus colonos en las tierras que pertenecían a la Concesión de Alvarado. Les había comprado las demandas y ahora reclamaba más de cien mil acres. Pritts pensó que con la muerte del don se le acabarían los problemas... Sin embargo, estaba empeñado hasta las orejas, y si los títulos de la Concesión de Alvarado eran ratificados, no tendría caso y se arruinaría.

Yo no sentía compasión por él. Él no se había preocupado ni del don ni de su nieta, sólo pensaba en lo que quería sacar. Sin embargo, esta demanda iba a causar serios problemas en la comarca.

—Si yo fuera tú —le aconsejé—, me iría a México y me quedaría hasta que esto se resuelva.

—Ésta es mi casa —dijo Dru tranquilamente.

—Dru, parece que no entiendes. Habrá tiroteos. Te matarán... o lo intentarán.

—Que lo intenten —dijo—. No me iré.

Cuando salí estaba angustiado por Dru. Si no hubiera estado tan preocupado por ella habría pensado en mí.

Ellos creerían que yo estaba detrás de todo.

El día que se anunciara la acción legal, yo sería el centro de la diana en la galería de tiros.

CUANDO YO ESPERABA que algo ocurriera, no pasó nada. Hubo un par de asesinatos al norte. Uno de los muertos era un colono que se había peleado con Jonathan Pritts y con su Compañía de los Colonos... Estaba fuera de mi jurisdicción y no se resolvió el asesinato, pero me daba mala espina.

Jonathan Pritts seguía en Santa Fe; Laura era la anfitriona de importantes fiestas y fandangos casi todas las noches. Todo el mundo sabía que Pritts tenía buenas conexiones políticas. Yo tenía mis dudas, porque no es igual tener relaciones sociales que poder político, aunque a todo el mundo le gusten las fiestas.

Un sábado por la tarde Orrin se me acercó en su calesa. Me miró y sonrió. Yo montaba a Sata.

—Tyrel, me parece que estaría bien que vendieses ese caballo —dijo—; siempre fue un rufián.

—Me gusta —contesté—. A pesar de su temperamento y mal carácter, le he cogido aprecio.

—¿Cómo está Mamá?

—Está muy bien. —Hacía calor y el sudor me caía por el rostro. La larga calle estaba repleta. Fetterson estaba con un tipo que llamaban Paisano, porque daba la impresión de ser pariente de algún gallo de chaparral o de un correcaminos. La gente de Nuevo México los llamaba *paisanos*.

Paisano me daba mala espina. No me gustaba nada.

—Orrin, Mamá te extraña. Deberías ir a verla.

—Lo sé... Lo sé. Tyrel, maldita sea, ¿por qué no se podrán llevar bien nuestras parientas?

—Mamá nunca ha tenido problemas con nadie. Está bien, como siempre, pero sigue fumando pipa.

Se secó la cara. Parecía estar preocupado y de mal humor. —Laura no está acostumbrada a eso —frunció el ceño—. Me organiza un escándalo cada vez que voy a la finca.

—Las mujeres —dije— a veces necesitan alguien que las controle. Si les das mucha cuerda se amargarán la vida y te la amargarán a ti también. Si las acaricias y mantienes la mano firme en las bridas no tendrás problemas.

Miró por la calle, entornando los ojos para protegerse del radiante sol. —Parece muy fácil, Tyrel. Pero son tantas cosas... Cuando seamos estado, quiero presentarme al Senado, y ya no faltan muchos años.

—¿Te llevas bien con Pritts?

Orrin tiró de las riendas. No necesitó contestarme. Orrin tenía buena disposición, pero no se dejaba presionar ni que se aprovecharan de él. Excepto talvez por esa mujer.

—No nos entendemos. —Me miró—. Que quede entre nosotros, Tyrel. Ni siquiera se lo digas a Mamá. Jonathan y yo nos llevamos mal, y Laura... puede ser difícil.

—Orrin, montabas bien los broncos.

—¿Qué quieres decir con eso?

—Pues que —empujé mi sombrero hacia atrás— no tienes los pies atados a los estribos. No hay nada que te obligue a mantenerte sobre la montura excepto tu propia decisión, y nadie te va a condecorar por seguir montado en ella si no puedes ni siquiera salir a pasear.

—Sata —froté el cuello del bronco, que movió las orejas hacia atrás—, por ejemplo, es un caballo

mezquino. Es duro y hábil y cabalgaría hasta el amanecer, pero Orrin, si sólo tuviera que tener un caballo,
nunca tendría éste. Me quedaría con Dapple o con el
caballo de Montana.

—Es divertido montarse en un caballo malévolo
cuando no lo tienes que hacer todos los días, pero si
monto a Sata mucho rato se volverá contra mí. Hay
algunas mujeres así.

Orrin recogió las riendas. —Hace demasiado
calor... Tyrel, nos vemos.

Mientras trasponía me quedé mirándolo. Era
bueno y honrado, pero al casarse con Laura se había
echado un buen paquete encima.

Calle abajo vi a Fetterson entregar algo a Paisano.
Algo resplandeció un instante y desapareció en el bolsillo de Paisano. Lo que vislumbré fue suficiente. Fetterson le había entregado un puñado de monedas de
oro, lo cual era muy interesante.

A veces presientes que algo va a ocurrir. No sabes
por qué, pero sientes un desasosiego, lo que yo ahora
sentía.

Algo se estaba tramando. Me olía a problemas
que se podrían haber evitado hablando. El problema
era que yo no sabía que Torres regresaba de Socorro para volver a trabajar para Dru. Si lo hubiese
sabido, hubiera supuesto la reacción de Jonathan
Pritts.

Si Dru me hubiera dicho que Torres estaba recupe-
rado y que regresaba, habría ido a encontrarlo y hubiera regresado con él.

Juan Torres montaba junto a otros dos mexicanos
que había alistado en Socorro para trabajar para Dru.

Acababan de pasar una garganta a cuatro millas de Mora cuando los acribillaron a balazos.

El aire de las montañas aquí es tan puro que deja pasar cualquier sonido lejano, sobre todo cuando el viento sopla con las colinas de fondo. El valle era estrecho hasta el pueblo, y era muy de mañana, sin sonido alguno que interfiriera.

Orrin había ido en diligencia de Santa Fe hasta Las Vegas y había conducido hasta el pueblo desde allí. Salimos juntos a la calle, porque yo había pasado la noche en el cuarto de atrás de la oficina del *sheriff*.

Oímos unos disparos, una descarga que sonaba como si cuatro o cinco pistolas por lo menos hubieran disparado. Después, casi medio minuto después, un solo tiro final.

Nadie dispara así si está cazando. Tanto disparo tiene que ser una refriega, y salí corriendo hasta la calesa de Orrin con él detrás de mí. Allí tenía el Winchester y los dos llevábamos nuestra pistola en el cinto.

En la garganta, un rastro de polvo seguía en el aire. Los criminales habían desaparecido y nadie podía alcanzarlos, sobre todo en una calesa, así que no perdí tiempo pensando en eso.

Juan Torres estaba tirado de espaldas con tres balas en el pecho y una entre los ojos; había una quemadura enorme de pólvora alrededor de esta última.

—¿Sabes lo que significa? —pregunté a Orrin.

—Alguien lo quería muerto. ¿Recuerdas ese tiro final?

Se escuchó el ruido de cascos por el camino y cuando di la vuelta vi a mi hermano Joe y a Cap cabalgando a pelo. El rancho estaba más cerca que el pueblo y vinieron a toda velocidad en cuanto consiguieron los caballos.

Sabían que no podían perturbar las cosas.

Juan Torres ya estaba muerto cuando le dispararon ese último tiro hombres, me imaginé, porque al menos dos de los tiros en el pecho lo habrían matado. Los otros dos también estaban muertos.

Busqué pistas. A treinta pies del sendero encontré el lugar donde varios hombres habían estado esperando por un rato. Había colillas y la hierba estaba aplastada.

Orrin miró los cuerpos y se fue hasta la calesa, y allí se quedó sin decir palabra, mirando la tierra y sus manos, como si nunca se las hubiera visto antes.

Un mexicano que conocía vino del pueblo y se quedó sobre su caballo observando los cuerpos.

—¿Bandidos? —dijo, mirándome sin mucho convencimiento.

—No —dije—, asesinos.

Asintió. —Habrá muchos problemas —dijo—. Éste —señaló a Torres— era un buen hombre.

—Era mi amigo.

—Sí.

Dejé al mexicano guardando el camino cerca del lugar —un poco más allá de la garganta—, y mandé a Joe que se apostara entre el lugar y el pueblo. Aunque esto lo hice después de que cargamos los cuerpos en la calesa. Entonces envié a Orrin y a Cap al pueblo con los cuerpos.

Joe me miraba con los ojos como platos. —Impide que perturben el camino —dije—, hasta que lo haya examinado.

Primero regresé al lugar donde habían esperado los asesinos. Eché un vistazo alrededor antes de acercarme.

Mientras investigaba pensaba que esto significaría que la cosa iba a explotar. Juan Torres era un hombre muy querido y le habían asesinado; los otros, Dios los tenga también en su gloria, importaban menos. Pero no era sólo eso: era lo que iba a pasar en mi propia familia, que Orrin ya sabía. Sólo había un hombre que tenía motivo para querer muerto a Juan Torres...

Uno de los hombres había fumado el cigarrillo entero. Quedaba la marca donde se había arrodillado para apuntar, y la huella del tacón de su bota al lado. Calculé que no debía ser muy alto por la hendidura de la huella, unos cinco pies, cuatro o cinco a lo sumo. La pista de un hombre bajo que fumaba cigarrillos hasta quemarse los dedos no era demasiada pista, pero por algo se empezaba.

De una cosa estaba seguro: había sido un asesinato a sangre fría a hombres que no habían tenido la oportunidad de defenderse. Había ocurrido durante mi mandato y no iba a descansar hasta detener a todos los participantes... sin importarme adónde llevara la evidencia.

Era un crimen en mi demarcación, y habían asesinado a un amigo mío. Una vez, anteriormente, Orrin y yo habíamos evitado que lo mataran... En otra ocasión le habían disparado y le habían dado por muerto.

Iba a agarrar a cada uno de ellos.

Eran cinco, y habían recogido los casquillos antes de marcharse... ¿o no?

Buscando entre el alto pasto que habían aplastado

encontré un casquillo. Fue una lotería. Era una bala calibre .44 y era nueva. Me la metí en el bolsillo para investigar más tarde.

Cinco hombres... Y a Torres le habían impactado cuatro balas. Suponiendo que algunos hubieran hecho más de un disparo, a juzgar por los cuerpos, habían disparado nueve tiros antes del tiro final.

Algunos pueden mover la palanca y disparar un rifle rápidamente, pero en un grupo de cinco hombres era improbable que encontraras a más de uno que fuera capaz de eso.

Torres debía de haberse movido o se tambaleó después de la primera descarga. Y aun así, alguien había continuado disparándole. La respuesta era simple. Había más de cinco.

Miré a las colinas cubiertas de cedros que se levantaban por detrás de donde habían estado esperando la oportunidad. Habrían tenido allí un centinela para avisarles que Torres se acercaba.

Exploré los alrededores por un par de horas. Localicé donde habían estado sus caballos: tenían siete, y encima del cerro descubrí el sitio donde dos hombres habían esperado fumando. Uno de ellos había bajado resbalándose hasta los caballos, y se podía ver donde había hundido sus tacones en el terraplén para evitar caer demasiado rápido.

Cap vino a echarme una mano y al rato, Orrin se nos unió.

Otra cosa que averigüé fue que el hombre que había caminado hasta el cuerpo de Torres y lo había rematado en la cabeza era un hombre alto con botas nuevas y que había pisado la sangre.

Aunque Orrin me permitió hacer las averiguaciones —sabiendo que demasiadas pisadas estropearían la evidencia—, él mismo vio lo bastante de la escena para saber que fue claramente un asesinato y que lo habían planeado cuidadosamente.

Primero tuve que imaginar si esperarían que los persiguiera, en cuyo caso, ¿hacia dónde correrían? ¿Conocían el territorio? ¿Irían a refugiarse al rancho de algún amigo, o se esconderían en las colinas?

Cap había regresado con Kelly, ensillado y listo para cabalgar, cuando ya había concluido mi investigación. Monté y envié a Joe al rancho. Estaba muy encolerizado y quería unirse al destacamento, pero yo quería apartarlo a él y a Bob de cualquier problema o tiroteo.

—¿Tyrel, qué opinas? —Orrin me miraba, esperando mi contestación.

—Fue un asesinato —dije—, por siete hombres que sabían que Torres iba a Mora. Estaba planeado de antemano. Los tipos esperaron unas seis o siete horas. Dos de ellos llegaron más tarde, y me supongo que fueron los que lo vigilaban desde las colinas para asegurarse que Torres no parara o se desviara del camino.

Orrin miró fijamente las palmas de sus manos y ni yo ni Cap le dijimos lo que sospechábamos.

—Bien —dijo Orrin—, persíguelos y tráelos, no importa cuánto tiempo tome o qué dinero necesites.

Dudé. Sólo Cap, Orrin y yo estábamos allí. —Orrin —dije—, tú me contrataste, y puedes despedirme. Puedes encargárselo a Bill Sexton o a otros.

Orrin raramente se enfadaba, pero cuando me

replicó estaba molesto. —Tyrel, hablas como un necio. Haz aquello para lo que fuiste contratado.

Ninguno de los tres dudábamos adonde llevaría la investigación, pero aun entonces puede que Orrin pensara que condujera a Fetterson, no a Pritts.

Bill Sexton llegó en ese momento. —Necesitareis un destacamento —comentó—; puedo conseguiros unos buenos hombres.

—Ningún destacamento... sólo necesito a Cap, eso es todo.

—¿Estás loco? Son siete... por lo menos.

—Mira, si voy con un destacamento habrá alguno al que le guste disparar. Si puedo evitarlo, no quiero tiroteos. Si puedo detenerlos vivos, voy a hacerlo.

—Me parece que vas a perder tu cuero cabelludo —dijo Sexton dubitativo—, pero es tu cabellera. Haz lo que quieras.

—¿Quieres que te acompañe? —preguntó Orrin.

—No. —Quería que me acompañara, pero cuanto menos se involucrara, mejor para él—. Con Cap es suficiente.

Tal como lo veía, era improbable que los siete se quedaran juntos mucho tiempo. Algunos se marcharían, y eso facilitaría las cosas.

El rancho de Alvarado yacía silencioso bajo las nubes grises cuando Cap y yo llegamos a la puerta. Brevemente, le dije a Miguel lo de Torres. —Iré con usted —dijo al instante.

—Usted se queda aquí —dije sin rodeos—. Pensaron que matando a Torres perjudicarían a la señorita. Torres está muerto, pero usted no. Usted va a tomar su lugar, Miguel. Será el capataz.

Se sobresaltó. —Pero yo...

—Tendrá que proteger a la señorita —dije—, y tendrá que contratar por lo menos una docena de hombres buenos. Tendrá que juntar todo el ganado y guardarlo. Me parece que el asesinato de Juan Torres es el principio de un intento por arruinarla.

Entré en la casa caminando rápidamente. Dru estaba allí para recibirme. Lo más delicadamente que pude, le conté la muerte de Juan Torres y lo que le había dicho a Miguel.

—Es un buen hombre —dije—, mejor de lo que él cree, y esto se lo demostrará a él mismo y a ti. Dale autoridad y responsabilidad. Puedes confiar que procederá correctamente.

—¿Qué vas a hacer?

—Bueno, lo que tiene que hacer un ayudante de sherif. Voy a detener a los asesinos.

—¿Y qué dice tu hermano?

—Dice que los busque, no importa cuánto tarde ni quienes sean.

—¡Tyrel, ten cuidado!

Eso me hizo sonreír. —Pues, señorita —dije sonriendo—, soy el hombre más cuidadoso del mundo. Morirme es la última idea en mi mente... Quiero regresar por ti.

Ella me miraba. —Sabes, Dru, hemos esperado demasiado tiempo. Cuando agarre a estos tipos voy a dimitir y nos casamos... y no voy a aceptar un no por respuesta.

Sus ojos se rieron de mí. —¿Quién va a decir que no?

———

En LA GARGANTA, Cap y yo les seguimos las huellas varias millas sin dificultad. Por aquí habían cabalgado al galope, intentando poner distancia.

El paisaje era bello y verde, praderas y laderas cubiertas de cedros que daban paso a pinares a medida que nos acercábamos a la falda de la montaña. Esa noche acampamos cerca de un arroyo donde podíamos hacer fuego sin delatar nuestra presencia.

Posiblemente esperaran un destacamento y aunque nos vieran, no nos reconocerían. Por eso montaba a Kelly. Normalmente montaba a Dapple o al caballo de Montana, y era probable que los forajidos no conocieran a Kelly.

Cap preparó el café y se sentó en la sombra. Atizó con un palo el fuego durante unos minutos como hacía cuando iba a hablar.

—Me imagino que te interesará. Pritts fue a ver a Tom Sunday.

Me quemé la boca con una cucharada de estofado y cuando pude tragar lo miré y dije: —¿*Pritts* fue a ver a *Tom*?

—Uh-huh. Fue de visita, pero se quedó bastante tiempo.

—¿Tom te lo contó?

—No... Tengo un amigo por allí abajo.

—¿Qué pasó?

—Parece que hablaron un rato largo y cuando Pritts salió, Tom le acompañó al caballo y se despidieron como dos amigos.

Jonathan Pritts y Tom... no tenía sentido. ¿O lo tenía?

Cuanto más lo pensaba más me preocupaba, porque

Tom Sunday era un hombre impredecible, y bebido como estaba, y con su genio, cualquier cosa podía pasar.

Orrin había tenido problemas con Pritts, de esto estaba seguro, y Pritts había hecho una visita amistosa a Tom Sunday. No me gustaba. No me gustaba nada.

CAPÍTULO 16

SE VEÍA AMANECER por encima de las montañas cuando apagamos las últimas ascuas del fuego y ensillamos. Kelly estaba impaciente y tenso. Era un caballo que amaba los senderos y que podía cabalgar por territorio abierto más que cualquier caballo, excepto tal vez el caballo de Montana.

Sentí que se me iba creciendo una paciencia por dentro y sabía que la iba a necesitar. Cabalgamos por un sendero que sólo nos traería preocupaciones, porque los tipos que perseguíamos tenían amigos que evitarían que los detuviéramos. Pero era nuestro deber y en esos tiempos no pensábamos en las consecuencias; sólo enfrentábamos cada situación que encontrábamos.

Una hora antes del alba todo estaba inmóvil. Incluso con la chaqueta puesta, sentí frío y me estremecí. Tenía mal sabor de boca y odiaba la barba larga. Viviendo en el pueblo y siendo funcionario, me había acostumbrado a afeitarme. Eso echaba a perder a un hombre.

Incluso con tan poca luz distinguíamos en el sendero las huellas que habían dejado los jinetes que iban delante de nosotros. De repente, el sendero bajaba a una hondonada entre árboles donde encontramos el campamento que habían montado la noche anterior.

Por lo que veíamos, estaban confiados, porque no se habían preocupado de ocultarlo ni de disimular que habían estado allí.

Estuvimos investigando un buen rato porque podíamos averiguar mucho de estos hombres, y para seguir el rastro conviene conocer a los hombres que buscas. Si Cap Rountree y yo íbamos a detenerlos, tendríamos que seguirlos hasta lejos.

Habían comido bien. Llevaban suficiente comida. Alguien había bebido, porque encontramos una botella cerca del campamento... parecía que el bebedor no quería que se supiera, porque la botella estaba recubierta con unas hojas.

—Una botella recién acabada —dije a Cap, entregándosela. La olió pensativamente—. Huele a un buen güisqui, nada de güisqui indio.

—No les falta nada. Viajan con todo lujo.

Cap me estudió cuidadosamente. —Parece que no tienes prisa.

—Terminaron su trabajo y querrán que les paguen. Quiero al hombre que les va a pagar.

—¿Sabes quién es?

—No... Lo que pretendo es que estos tipos me conduzcan a él. Intentaron matar a Juan dos veces antes y ahora lo consiguieron. No habrá quien los detenga a menos que agarremos a quien les paga.

Mientras hablaba me vino una imagen a la mente. Era Fetterson entregando el oro al renegado de Paisano. Era algo que no se olvida.

—Al oeste —dijo Cap de repente—, creo que van en esa dirección.

—¿Tres Ritos?

—Supongo —Cap lo meditó—. Supongamos que al borracho se le acabó el güisqui. Me parece que le gusta el trago y que su jefe está haciendo lo posible porque no beba.

—El que bebe no quiere que se sepa. Cree que ha conseguido engañar a los demás..., pero resulta que el problema es obvio para todos menos para el borracho. Ahora piensan que porque han terminado el trabajo se merecen un trago, y Tres Ritos es el lugar más cercano.

—Calculo que está a dos horas de aquí a caballo. —Miré adelante buscando el sendero que habían recorrido los jinetes—. Creo que es lo que han hecho. A Tres Ritos, pues.

No obstante, vigilábamos atentos el sendero. Nos daba mala espina. Un hombre que vive en el desierto desarrolla un sexto sentido... y se vuelve como un animal cuando se da cuenta de que algo anda mal.

Hasta ahora todo había sido fácil, pero ahora llevaba el rifle en las manos por si las moscas. Créanme, quería tener a mi Henry cerca de donde pudiera usarlo. Teníamos siete matones delante que no querían que los detuviéramos. Yo pensaba que los habíamos engañado, porque esperarían un destacamento, pero sólo un necio se fía de algo así.

Contra tales hombres nunca vas tranquilo sobre la silla, haces planes, calculas la situación y te cuidas. Nunca he conocido a un hombre valiente o a un luchador que fuera temerario... Quizás porque los temerarios acaban muertos.

Cap se detuvo. —Voy a fumar —dijo, y bajó de la montura con el rifle en la mano.

Escondimos nuestros caballos entre los árboles. El único problema con Kelly era que su color grana sobresalía como un fuego en el bosque en este entorno tan verde.

Nos sentamos oteando el territorio que nos rodeaba sin decir palabra hasta que Cap terminó la pipa. Habíamos visto una proyección larga muy arriba del sendero que conducía a Tres Ritos.

—Podríamos ir por allí —sugerí—, este sendero me da mala espina.

—Si dan la vuelta los perderemos.

—Si eso sucede podemos regresar y retomar el sendero.

Salimos a medio galope, subiendo entre los árboles y alrededor de unas rocas. Habíamos recorrido una milla cuando Cap apuntó con su rifle.

Abajo de la colina, cerca del sendero, había unos caballos atados a los árboles. Uno de ellos, de color miel oscura, me resultaba familiar. Me recordaba el caballo que había visto montar a Paisano. Y Paisano había recibido el dinero de Fetterson. Este sendero podía conducirnos a lo que buscábamos.

Llegamos a Tres Ritos con la puesta del sol. Habíamos tardado explorando los alrededores y reteniendo el paisaje en mente.

Nos dirigimos a las caballerizas. El soñoliento encargado estaba sentado en el piso contra la pared. Tenía una venda roja en la cabeza y parecía un navajo. Tomó nuestros caballos, los metió en el establo y les puso maíz en el pesebre. Cap caminó por el medio del establo y dijo: —No hay nadie... llegamos al pueblo antes que ellos.

El empleado de la taberna era un guarro mestizo

con una cicatriz sobre el ojo izquierdo que parecía como si alguien le hubiera golpeado con un hacha.

Pedimos el café, y se volteó y gritó algo por la puerta trasera. La muchacha que se acercó en respuesta a los gritos era Tina Fernández. Me conocía bien. Todas las mujeres de Santa Fe me conocían.

Pero actuó como si no me conociera. Estaba bien arreglada y nos trajo una olla de café con dos tazas y nos sirvió susurrando algo que parecía *cuidado*.

Nos bebimos el café y comimos chile con frijoles y unas tortillas. Vigilé la puerta de la cocina y Cap, la de la calle.

La comida estaba sabrosa y el café bastante bueno. Nos tomamos otra taza. —Detrás del corral —susurró la muchacha—, cuando anochezca.

Cap se mordió el bigote gris y me miró con sus ojos viejos, sabios y duros. —¿Vas a mezclar el placer con los negocios?

—Esto es negocio.

Terminamos el café y nos levantamos y pagué al mozo mientras Cap vigilaba la calle. El camarero me estudió cuidadosamente y dijo: —¿No nos conocemos?

—Si llega a reconocerme —dije—, va a tener malos recuerdos.

La calle estaba vacía. Ni siquiera había un perro vagabundo. ¿Nos habíamos equivocado? ¿Habían pasado Tres Ritos? ¿O estaban aquí esperándonos?

Inmóvil en la tranquilidad de la tarde, se me secó la boca y sentí los latidos del corazón. Había visto muchos hombres muertos a tiros y no quería terminar así si podía evitarlo.

Una hora más tarde los oímos entrar en el pueblo.

Es posible que se hubieran cansado de esperarnos, si es que lo habían hecho. Aparecieron calle abajo en fila india. Desde el granero, en el piso superior del establo, no los veíamos, pero podíamos oír sus caballos.

Cabalgaron derechos a la taberna y desmontaron casi sin hablar. Como habíamos llegado a Tres Ritos por otro camino no habían visto ninguna huella, y a menos que el mozo dijera algo era probable que no averiguaran que estábamos allí.

Acostado ahí entre el heno, atento a cualquier sonido que nos advirtiera que se estaban acercando, no estaba pensando en ellos, sino en Orrin, Laura, Tom Sunday, Dru y en mí mismo. Había mucho que pensar.

Jonathan Pritts no iba a hablar con Tom Sunday a menos que hubiera alguna razón dudosa, porque Jonathan no hacía las cosas sin motivo. Sabía que Tom no lo aguantaba, pero desde la noche que Jonathan nos había hecho buscar en Santa Fe, Tom se sentía obligado. Esa noche había reconocido, pienso, que Jonathan iba a convertirse en un hombre importante.

¿Qué andaría haciendo Jonathan Pritts? No paré de pensar en esto, como un perro en un hueso, intentando imaginar qué haría. De una cosa estaba seguro: no sería nada bueno para nosotros.

Cap se sentó y sacó la pipa. —Te veo inquieto, muchacho.

—No me gusta esto.

—No hay más remedio. Un hombre que quiere que reine la tranquilidad tiene que hacer frente a ciertas cosas. —Fumó en silencio unos minutos—. He conocido a tipos como Pritts... una vez que se deciden por algo no cambian de opinión, y cuanto más fracasan más persisten. —Hizo una pausa—. Cuanto mayor se hace, peor se vuelve... quiere lo que quiere y sabe que no tiene mucho tiempo.

El pajar olía a heno fresco y a los caballos que estaban abajo en los establos. Les oíamos rumiar, y era un sonido tan agradable que te adormilaba, aunque yo no podía dormir, a pesar del cansancio que tenía.

Si quería hacer algo con mi vida tenía que ser ya. Cuando termináramos con esos tipos iba a dejar el trabajo, me iba a casar con Dru e iba a construir algo.

Nosotros nunca tuvimos una casa propia, y quería que mis hijos tuvieran una. Quería un lugar donde se pudieran criarse y echar raíces. Quería un lugar al que quisieran regresar y que pudieran llamar hogar... sin importar a dónde llegaran o lo que pasara.

Me levanté y me sacudí el heno, me coloqué la pistola en el cinto y me dirigí a la escalera de mano.

—Ten cuidado.

—Soy prudente por naturaleza.

Me senté en cuclillas contra un poste en la parte trasera del corral y esperé.

Pasó un rato, y luego oí el murmullo de pisadas en la hierba y vi una sombra acercarse. Llevaba la suave fragancia de una mujer.

—¿Estás bien? —susurró ella, acercándose. Me puse de pie recostado contra el poste del corral de la esquina.

—Se han ido —dijo Tina.

—¿*Qué*?

—Se han ido —repitió—. Tenía miedo por ti.

Me explicó que habían recogido los caballos que les esperaban ocultos en un bosque cerca de la taberna, y que mientras bebían adentro, les habían cambiado las monturas y habían salido uno por uno hasta el bosque.

—Nos engañaron. Nos embaucaron.

—El otro está allí arriba, pero creo que se va mañana.

—¿Quién?

—El hombre que les dio el dinero. Un rubio.

¿Fetterson? Podría ser.

—¿Le vio pagando?

—Sí, señor. Lo vi con mis propios ojos. Les pagó en monedas de oro... el saldo, según dijo.

—Tina, mataron a Juan Torres... ¿lo conocías?

—Sí... era buena persona.

—¿Testificarías en contra de ellos en el juzgado? ¿Dirías que viste cómo les pagaban? Sería muy peligroso para ti.

—Testificaré. No tengo miedo. —Se detuvo en la oscuridad—. ¿Señor, sé que está enamorado de la señorita Alvarado, pero me podría socorrer? ¿Podría ayudarme a salir de aquí? Este hombre, el con quien usted habló, es mi... ¿cómo se dice? Se casó con mi madre.

—Padrastro.

—Sí... pero mi madre está muerta y él me tiene aquí trabajando, señor. Algún día seré mayor. Quiero volver a Santa Fe, pero él no me deja.

—Irás. Te lo prometo.

Los hombres se habían ido y no los habíamos visto, pero ella me dijo que uno era Paisano. Al único otro que conocía era un hombre rechoncho y duro llamado Jim Dwyer... Era del grupo de Pawnee Rock. Pero Fetterson estaba aquí, y para mí era el más importante.

Dormimos un rato y al alba nos levantamos y nos sacudimos el heno. Me sentía sudado y sucio. Necesitaba bañarme y afeitarme. Comprobé mi revólver y bajamos al hotel. Había luz en la cocina y abrimos la puerta trasera.

El mozo estaba allí en camiseta, pantalones y calcetines. Las sábanas mugrientas en las que había dormido estaban alborotadas, y por la habitación había botas, calcetines sucios, algunas chaquetas colgadas en la pared y de un clavo colgaba una pistolera. Giré el cilindro y saqué las balas mientras el mozo me miraba molesto.

—¿Qué pasa aquí?

Dándole la vuelta, le llevamos a través del oscuro vestíbulo. Cap llevaba una linterna en la mano que iluminaba el camino.

—¿En qué cuarto está?

El mozo sólo me miraba, y Cap, guiñándome el ojo, dijo: —¿Lo despacho aquí? ¿O lo llevamos afuera, donde tardarán en encontrar su cuerpo?

El mozo se resistió. —¡No, por favor! —protestó—. No he hecho nada.

—Nos está estorbando —dije pensativamente—, y no nos va a solucionar nada. Mejor lo sacamos fuera.

Cap parecía capaz de hacerlo, y muchos pensaban, después de mirarme, que sería más fácil para mí matar que sonreír.

—Un momento... este tipo no es nada mío. Está en el cuarto número seis, en el piso de arriba.

Mirándolo, dije: —Cap, quédate con el. —Y vigilando al mozo dije—: ¿Sabes qué? Más te vale que sea el número correcto.

Subí los escalones de puntillas, ocultando la linterna con mi chaqueta, y al llegar al primer piso, caminé por el vestíbulo y abrí la puerta del número seis.

Abrió los ojos cuando entré, pero no veía bien porque saqué la linterna y se la enfoqué en la cara. Tenía la pistola en la mesilla junto a la cama. Fue a cogerla pero le dije: —Fetterson, continúa, si la coges tendré que matarte.

Su mano se quedó suspendida sobre la pistola y la retiró prudentemente. Se incorporó en la cama. Era un hombre alto, esquelético, rubio desgreñado, con cara huesuda y triangular. Tenía una mirada dura.

—¿Sackett? Sospechaba que sería usted. —Cuidadosamente, para no cometer ningún error, alcanzó el tabaco y se lió un cigarrillo—. ¿Qué quiere?

—Se te busca por asesinato, Fett. Si tienes un buen abogado puedes salvarte, pero si haces un mal movimiento aquí mismo acabas.

Encendió un fósforo. —Bien... yo no soy Reed Carney, y si pudiera aclararía esto a tiros, pero si la pistola se me atasca sé que soy hombre muerto.

—Nunca llegarías a ella, Fett.

—¿Me vas a detener?

—Sí. Vístete.

Tardó en vestirse y yo no le metí prisa. Pensé que si le daba tiempo optaría por venir conmigo a la cárcel, porque con la ayuda de Pritts nunca habría juicio. Tenía poca evidencia contra él: lo que Tina pudiera declarar y lo que yo había visto, lo cual era bastante poco.

Cuando se vistió, bajó delante de mí hasta el vestíbulo, donde Cap encañonaba al mozo. Recogimos el caballo de Fetterson y salimos hacia el pueblo. No había terminado con la banda que perseguíamos, pero nunca era tarde.

El viaje de vuelta fue rápido, porque me preocupaba el sendero, sabiendo que el mozo podía informar a la banda de Fetterson. A mediodía del día siguiente el tipo estaba tras los barrotes de la cárcel de Mora y el pueblo ardía de curiosidad.

Fetterson estaba parado con las manos en los barrotes. —No estaré mucho tiempo —dijo—; no tengo nada que ver con esto.

—Les pagaste. Y antes pagaste a Paisano por adelantado.

Tenía un tic en el párpado, ese ligero movimiento que había observado hacía tiempo en Abilene, cuando se dio cuenta que todos ellos estaban rodeados y no podían hacer nada para escapar.

—Tú tranquilo —le dije—, porque cuando llegue el juicio tendré suficiente evidencia para colgarte.

Él se rió, y era una risa dura, despectiva. —¡Nunca verás el día! —dijo—. Todo lo que tienes son conjeturas.

Cuando salí a la luz del sol, Jonathan Pritts bajaba de su calesa.

Una cosa que se podía decir de Jonathan es que actuaba rápido.

CAPÍTULO 17

HACÍA MUCHO TIEMPO que no veía a Jonathan Pritts. Atravesó la puerta abierta y me retó en la pequeña oficina, con sus ojos azules llenos de enojo. —Tiene detenido al Sr. Fetterson. Quiero que lo suelte.

—Lo siento.

—¿De qué se le acusa?

—De estar involucrado en el asesinato de Juan Torres.

Me miró con ira. —Lo ha detenido por el odio que me tiene. Él es inocente y no tiene ninguna prueba para detenerlo. Si no lo suelta haré que le quiten del cargo.

Él no tenía idea de lo inútil que era esa amenaza. Era un hombre enamorado del poder y no entendía lo poco que me interesaba el trabajo y las ganas que tenía de librarme de él.

—Estará detenido hasta el juicio.

Jonathan Pritts me estudió cuidadosamente. —Veo que no está dispuesto a ser razonable. —Su tono era más apacible.

—Sr. Pritts, se ha cometido un crimen. No esperará que suelte al prisionero porque un ciudadano entre en mi oficina y me lo pida. Ha llegado el momento de acabar con los crímenes, asesinatos y actos violentos, y sobre todo —agregué con segundas—, con los matones a sueldo.

Era un golpe bajo, pensé, pero su rostro se mantuvo imperturbable. —¿Qué quiere decir con eso?

—Tenemos pruebas que Fetterson pagó a los asesinos de Juan Torres.

Estaba mintiendo. No teníamos ninguna prueba que llevar a juicio, ni tampoco para retenerlo. Sólo que le había visto entregar el dinero a Paisano, y estaba en Tres Ritos cuando llegaron los asesinos y Tina testificaría que él había pagado a los demás.

—Es imposible.

Recogí un montón de papeles y empecé a ordenarlos. Era un hombre que buscaba atención y mi proceder lo puso furioso.

—Señor Pritts —solté—, creo que usted está envuelto en este crimen. Si la evidencia demuestra lo que pienso, lo colgarán, con Fetterson y los otros.

Me desconcertó. Esperaba que estallara, pero no hizo nada parecido.

—¿Ha hablado con su hermano sobre esto?

—Él sabe que tengo que cumplir con mi deber, y no se meterá. Como yo no me meto en sus asuntos.

—¿Cuánto es la fianza del Sr. Fetterson?

—Usted sabe que yo no decido eso. Será el juez. Pero no hay fianza por asesinato.

No me amenazó ni contestó, sólo se dio la vuelta y se fue. Si hubiera sabido las poquísimas razones con que contábamos, se hubiera sentado a esperar. Pero tengo un sexto sentido en estas cosas... Si presionas a esos tipos, reaccionan sin pensar y cometen errores.

Bill Sexton entró acompañado de Ollie. Parecían preocupados.

—¿Qué evidencia tienes contra Fetterson? —preguntó Sexton.

—Cuando llegue el momento se verá.

Sexton se frotó la mandíbula y sacó un puro. Lo estudió mientras yo le miraba, sabiendo lo que se acercaba y divertido por el preámbulo, pero un poco molesto también.

—Este Fetterson —dijo Sexton— es amigo de Jonathan Pritts. Sería una mala idea intentar colgarle el sambenito. Tiene pruebas de que no estaba allí cuando ocurrió el crimen.

—Tye, es verdad —dijo Ollie—. Fue Jonathan quien ayudó a Orrin a conseguir el nombramiento.

—¿Saben qué? —Tenía los pies sobre el escritorio, y los bajé y me senté bien en la silla giratoria—. No hizo nada por el estilo. Se subió al carro cuando vio que Orrin podía ganar. Fetterson se queda en la cárcel o dimito.

—¿Es tu última palabra? —preguntó Ollie.

—Sabes que sí.

Pensé que parecía aliviado. Ollie Shaddock era buena persona y enfrentaba los problemas. Además yo estaba haciendo lo que ambos creíamos justo.

—Bien —dijo Sexton—, si piensas que tenemos un caso, adelante.

Estaba a punto de oscurecer cuando Cap regresó a la oficina. La oficina estaba a oscuras y yo estaba recostado en la silla pensando.

Cap se puso en cuclillas contra la pared y encendió la pipa. —Hay un hombre en el pueblo —dijo— llamado Wilson. Le gusta beber. Esta gastando mucho dinero y hace unos días estaba pelado.

—Qué cielo tan bonito —dije—, el que nombró a

las Sangre de Cristos debió verlo así. Ese rojo en el cielo y en las cumbres... parece sangre.

—Se está emborrachando —dijo Cap.

Me levanté de la silla y abrí la puerta que separaba las celdas de la oficina. Caminé hasta los barrotes, me detuve y miré a Fetterson tumbado en el catre. No podía verle la cara, sólo su silueta, las botas y el ascua su cigarro.

—¿Cuándo quieres comer?

Puso las botas en el suelo. —Cuando quieras. Como tú prefieras.

—Bien. —Me volví como para marcharme y se la solté—: ¿Conoces a un tal Wilson?

Se sacó el cigarro de la boca. —No me suena. ¿Debería?

—Sí... bebe demasiado. Le gusta la botella. Hay gente a la que no se le puede dar dinero.

Cuando cerré la puerta detrás de mí, Cap encendió la lámpara. —Un hombre que tiene algo que esconder —dijo Cap— tiene algo de que preocuparse.

Fetterson no sabía lo que Wilson podía escupir sobre el asunto, y la imaginación de un hombre puede trabajar horas extraordinarias. Como decía la Biblia, el culpable huye cuando nadie lo persigue.

Lo más duro era esperar. En esa celda, Fetterson pensaría mil cosas, y se iba a inquietar. Y Jonathan Pritts no había solicitado verlo. ¿Iba Jonathan a distanciarse de Fetterson y dejarlo solo ante el peligro? Si yo pensaba así, era probable que Fetterson también.

Cap se quedó en la cárcel y yo caminé hasta la fonda para comer. Tom Sunday entró. Era un hombre grande y llenó la puerta con sus hombros y su altura.

Estaba sin afeitar y parecía bebido. Cuando entró, parpadeó por la luz del cuarto y se acercó a mi mesa. Vino medio tambaleante... o así me pareció.

—¿Así que detuviste a Fetterson? —me sonrió con una mirada burlona—. ¿Ahora que lo tienes, qué vas a hacer con él?

—Condenarlo por complicidad —contesté—. Sabemos que pagó el dinero.

—Eso te toca cerca —la voz de Sunday tenía un tono despreciativo—. ¿Qué dirá tu hermano de todo esto?

—No me importa lo que diga —contesté—, pero de hecho ya se ha dicho. Corta la madera y que las astillas caigan donde quieran, dice el dicho.

—Eso es típico de él —dijo—, ese mojigato hijo de perra.

—Tom —le dije por lo bajo—, ese calificativo nos incumbe a los dos. Somos hermanos, ¿sabes?

Me miró, y por un momento pensé que lo iba a dejar seguir en pie, aunque rezaba para que no lo hiciera. No quería pelear con Tom Sunday.

—Perdona —dijo—, perdí la cabeza. Demonios, no nos creemos problemas. Hemos pasado demasiadas cosas juntos.

—Estoy de acuerdo —contesté—, y Tom, puedes creerme o no, pero Orrin también te aprecia.

—¿Me aprecia? —sonrió despectivamente—. Me quiere, sí, me quiere perder de vista. Pero si cuando lo conocí no sabía ni leer ni escribir... Yo le enseñé. Se enteró de que iba a presentarme a las elecciones y se me adelantó, y tú lo ayudaste.

—Había sitio para ambos. Todavía lo hay.

—Al diablo que lo hay. Todo lo que yo intentaba

hacer, él se interponía. La próxima vez que se postule no tendrá el apoyo de Jonathan Pritts. Eso te lo puedo asegurar.

—De veras, no importa.

Tom se rió sarcásticamente. —Mira, muchacho, déjame que te diga algo. Sin el apoyo de Pritts, Orrin nunca habría salido elegido... y Pritts está harto.

—Parece que conoces muy bien los planes de Pritts.

Él se rió entre dientes. —Sé que él y Laura están hartos. Han terminado con Orrin, ya lo verás.

—Tom, los cuatro estábamos muy unidos. Orrin nunca te ha detestado. Efectivamente, los dos queríais las mismas cosas, pero él te habría ayudado igual que tú le ayudaste a él.

Masticó algo en silencio, y al rato añadió: —Tye, no tengo nada contra ti, absolutamente nada.

Después de eso no dijimos nada más. Los dos estábamos tratando de entendernos, porque habíamos compartido muchas cosas. La violencia y los conflictos crean lazos profundos. Sin embargo, cuando se levantó para irse, los dos nos pusimos tristes, porque algo se había roto entre nosotros.

Salió a la calle y se quedó parado un rato. Yo me sentí muy mal. Era buena persona, pero nadie puede combinar el alcohol y el rencor y esperar acabar bien. Y además tenía algo con Jonathan Pritts.

Arresté a Wilson esa noche. No lo encerré cerca de Fetterson para que no pudiera hablar con él. Lo llevé a la casa en las afueras del pueblo donde Cap, Orrin y yo habíamos acampado cuando llegamos a Mora.

Lo escondí allí. Cap lo vigilaba y lo mantenía lejos de la botella. Joe vino para custodiar a Fetterson y yo cabalgué hasta el bosque. Pero no iba a hacer ninguna búsqueda inútil... Miguel me había informado de que un par de tipos estaban acampados en las afueras del pueblo y que uno de ellos era Paisano.

Desde el cerro detrás de su campamento estudié la distribución a través de un catalejo. Era un lugar recogido y agradable entre rocas y pinos. Podías haber pasado cincuenta veces por allí sin reparar en él, a no ser que a Miguel le hablaron de él unos mexicanos.

El otro hombre debía ser Jim Dwyer, un hombre bajo y compacto que se pasaba el tiempo sentado en cuclillas y nunca dejaba el rifle.

No había prisa. Me daba la impresión de que estos hombres estaban acampando con el único propósito de sacar a Fetterson de la cárcel. Quería agarrarlos, pero los quería vivos, y sería difícil, porque ambos eran hombres férreos, listos, y no darían marcha atrás ante un tiroteo.

A unas cincuenta yardas había un arroyo, fuera de la vista del campamento. Por la distribución me pareció que habían usado el lugar anteriormente. Había unos matorrales salvajes que servían de resguardo y un par de grandes rocas de parapeto. Me pasé el resto del día vigilándolos. De vez en cuando uno de ellos se levantaba y se paseaba hasta el estrecho sendero que bajaba a Mora.

Tenían suficiente comida y un par de botellas, pero ninguno bebía demasiado.

Cuando oscureció conocía cada piedra, cada árbol y cada resguardo en aquella zona. También había identificado los lugares más fáciles para llegar a ellos sin meter ruido; había estudiado cada rama caída en la tierra y los vacíos en los matorrales.

Los hombres que estaban allí eran muy experimentados y con ellos no podías cometer un error.

Al anochecer llevé el caballo al pasto después de abrevarlo en el arroyo. Agarré mi comida y una cantimplora y llegué laboriosamente a unos cien pies de su campamento.

Tenían un pequeño fuego y habían puesto café a calentar. Estaban asando carne a las brasas y olía deliciosamente. Allí estaba, echado sobre mi barriga oliendo ese manjar, pero ensalivando un bocadillo seco de la mañana. Desde donde estaba podía oírlos pero no entendía lo que decían.

Mi idea era que con Fetterson en la cárcel todo era una cuestión de tiempo hasta que Jonathan Pritts se desenmascarara.

Era un hombre cauteloso y lo suficiente listo para mantener a alguien entre él y una pistola. Pero Pritts quería sacar a Fetterson de la cárcel.

Desde que conocí a Jonathan Pritts nunca se fió de nadie. Probablemente pensaba que Fetterson no se iba a quedar callado si hablando podía salvar el propio pellejo. Ahora mismo, pensé, Pritts estaría intranquilo, y con razón.

Fetterson también tenía mucho en que pensar. Sabía que teníamos a Wilson, y Wilson era un borracho que haría cualquier cosa por conseguir un trago. Si Wilson hablaba, Fetterson iba a tener problemas. Su mejor opción era confesar. Personalmente, yo no creía, que Fetterson hablaría. Era un tipo leal, duro y no se permitiría flaquear.

Yo contaba con que Pritts, que sospechaba de todos y no se fiaba de nadie, esperara que lo traicionarían.

Lo que no esperaba fue el proceder de Jonathan Pritts. Lo debía haber supuesto, pero no fue así. Jonathan era un hombre duro, frío y decidido.

Me sentía desdichado en los matorrales sin dormir y vigilando el campamento. Ellos dormían un rato, se desperezaban añadían leña al fuego y volvían a dormir. Y así paso la noche.

Se acercaba el amanecer. No había salido el sol cuando el cielo ya estaba rayado de rojo. Así eran las salidas del sol en Nuevo México... No hay nada como la manera que irradian el cielo.

Paisano de repente se levantó. Estaba escuchando. Él estaba más abajo en el cañón y podía oír mejor que yo.

¿Sería el propio Jonathan Pritts? Si era él, los detendría a los tres juntos, aunque no sería fácil porque los quería vivos. Pero lo tenía que hacer.

No sé lo que me hizo girar la cabeza.

Había un hombre de pie a cincuenta pies, estático como un muerto y con un perfil impreciso entre los oscuros matorrales. No tenía idea de cuánto tiempo llevaría allí, pero allí estaba de pie, callado y observando.

Me dio pavor saber que lo había tenido tras de mí por no sé cuanto tiempo sin darme cuenta. Nunca me había pasado algo igual. La razón era que yo había estado vigilando el campamento, esperando, mirando para no perderme ni un detalle.

De repente, la figura en la oscuridad apenas se movió y adelantó un poco. Estaba más arriba que yo y podía ver mejor abajo el cañón, aunque no estaba tan bien oculto como yo. Tenía listo mi rifle, pero los quería vivos para que pudieran declarar. Y estaba harto de matar. No quería usar mi arma contra nadie más.

Aclaró, y el hombre salió de entre los matorrales. Estaba desprotegido, mirando al cañón como si quisiera bajar al campamento. En un momento movió la cabeza y la luz le iluminó la cara y vi quien era.

Era Orrin.

CAPÍTULO 18

ORRIN...

Fue tan inesperado que me quedé inmóvil, y cuando me compuse no podía creerlo. Pero podía ser. Orrin se había casado con la hija de Pritts, si bien Orrin nunca se dejaba influenciar en contra de sus principios. Por otro lado estábamos más unidos que la mayoría de los hermanos.

¿Qué podía hacer yo ahora? Habíamos construido nuestras vidas alrededor de la familia por Dios sabe cuántos años. Sólo sabía que aunque fuera Orrin, lo arrestaría. Hermano o no, lazos de sangre o no, era mi trabajo y lo haría.

Y pensé otra cosa. Yo era un necio. Tenía que haber otro motivo. Mi confianza en Orrin iba más allá que cualquier sospecha que su presencia aquí pudiera significar.

Así que me levanté.

Su atención estaba concentrada en el campamento, como la mía lo había estado anteriormente, y había caminado tres pasos antes de que me viera.

Volvió la cabeza, nos miramos a los ojos y caminé hasta él.

Antes de decirme palabra alzó una mano. —¡Espera! —susurró, y en el silencio que siguió escuché lo que esos hombres abajo habrían escuchado: el ruido de una calesa que se aproximaba.

Nos quedamos parados ahí mientras el cielo se ponía rosa y rojo y el oro coronaba los cerros en la distancia. Las sombras todavía eran negras en las hondonadas.

Estábamos parados juntos, como habíamos estado tantas veces, contra los Higgins, contra la maldita sequía y las rocas que plagaban nuestra granja en las laderas de Tennessee, contra los utes y contra Reed Carney. Estábamos parados juntos, y en ese momento entendí por qué él estaba aquí, y entendí, incluso antes de ver la calesa, quién aparecería.

La calesa asomó por el sendero y paró. Laura la conducía.

Paisano y Dwyer salieron para recibirla y vimos el intercambio de dinero y cómo descargaban los suministros de la parte posterior del carro.

Nunca me imaginé que podía ser una mujer, cuanto menos Laura. En esa época en el oeste respetábamos a las mujeres, y no tenía madera para detenerlas, aunque no dudaba que podían ser malas y peligrosas.

Y menos podría detener a Laura. Era un deber que tenía, pero a su padre es a quien quería de verdad. Un hombre capaz de enviar a su hija a hacer este tipo de trabajo... era lo más bajo que había visto.

Claro que nadie sospecharía que una mujer tan frágil y elegante fuera capaz de encontrarse con unos asesinos y entregarles dinero.

Orrin se removió levemente y suspiró. Nunca le vi una mirada así; tenía cara de enfermo, como si alguien le hubiera asentado un puñetazo en el abdomen.

—Tenía que verlo —me dijo—, tenía que verlo

para creerlo. Anoche sospeché algo, pero tenía que venir y verlo con mis propios ojos.

—¿Sabías dónde estaba el campamento?

—Jonathan le dio anoche instrucciones muy precisas.

—Tengo que detenerla —dije.

—Como tú creas.

—No es ella a quien quiero —añadí—; no me serviría de nada. Nunca hablaría.

Orrin se quedó mudo y entonces dijo: —Tyrel, creo que me trasladaré al rancho. Me iré hoy mismo.

—A Mamá le gustará. Orrin, está muy débil.

Regresamos a los matorrales y Orrin enrolló un cigarro y lo encendió. —Tyrel —dijo al cabo de unos minutos—, ¿qué les está pagando? ¿Es por Torres?

—No es por Torres —contesté—. Fetterson ya les pagó por eso.

—¿Por ti?

—Quizás. Aunque lo dudo.

De repente quise irme de allí. A esos dos los podría encontrar cuando quisiera porque eran conocidos, y el hombre que esperaba era lo suficientemente listo para no haber aparecido.

—Orrin —dije—, quiero interceptar a Laura. No voy a arrestarla, pero quiero que sepa que la he visto y que sé qué está pasando. Quiero que se enteren y que se preocupen.

—¿Es por eso por lo que mantienes a Wilson en otro lugar?

—Sí.

Regresamos a nuestros caballos y acortamos por las colinas a través de la luminosa belleza matinal hasta el sendero a una milla de donde pasaría Laura.

Cuando nos alcanzó, pensé por un instante que intentaría atropellarnos, pero paró.

Estaba pálida, pero la superficie de su cara estaba marcada por duras líneas y nunca vi tal odio en los ojos de una mujer.

—¡Ahora me estáis espiando! —No había nada suave ni delicado en su voz; era estridente y amarga.

—A ti no —contesté—, a Paisano y a Dwyer.

Ella retrocedió como si la hubiera golpeado, empezó a hablar, pero se contuvo.

—Son del grupo que mató a Juan Torres —dije—, junto con Wilson.

—¿Si es así, por qué no los detienes? ¿Tienes miedo?

—Estoy en compás de espera... a veces con un pez pequeño de cebo se puede coger un pez más grande. Como tú, trayéndoles suministros y dinero. Eso te hace cómplice. Pueden procesarte por apoyarlos y por encubridora.

Por primera vez se la veía asustada. Era una muchacha a quien le gustaba figurar, sumamente esnob, y si la detenía se moriría.

—¡No te atreverías! —dijo sin creerlo. Sospechaba que sí lo haría, y le dio miedo.

—Tu padre lleva mucho tiempo contratando asesinos a sueldo, y esto se acabó. Ahora ya lo sabes.

Tenía la cara acongojada, lívida y no estaba nada favorecida.

—¡Déjame pasar! —exigió amargamente.

Nos pusimos a un lado, y ella miró a Orrin. —No eras nadie cuando te conocí, y volverás a no ser nada.

Orrin se quitó el sombrero. —Bajo estas circunstancias —dijo suavemente—, ¿me perdonarás si me llevo mis cosas de casa?

Pegó con el látigo a los caballos y se fue. Orrin tenía la cara blanca cuando acortamos con nuestros caballos por las colinas. —Quiero irme de la casa —dijo— antes de que ella vuelva.

Cuando entré en el pueblo reinaba el silencio. Cuando entré a la oficina Fetterson se acercó a los barrotes de su celda y me miró fijamente. Sabía que había viajado y le preocupaba no saber qué había estado haciendo.

—Paisano y Dwyer están en las afueras del pueblo —dije—, y ninguno de los dos va a sacar a nadie de la cárcel, pero Pritts les estaba pagando... ¿para qué?

Sus ojos indagaron mi cara y de repente se volvió y miró por las rejas de la ventana. Más allá, a trescientas yardas, estaba la ladera arbolada... y a la derecha, a menos de sesenta yardas, el tejado de la tienda.

Retrocedió rápidamente. —Tye —suplicó—, tienes que sacarme de aquí. Fetterson no es tonto y sabía que no se podía fiar de Jonathan Pritts. Fetterson moriría antes de hablar, pero Pritts no creyó eso ni un minuto. Por ende, pensaba que Fetterson debía morir antes de que pudiera hablar.

—Fett —dije—, depende de ti no ponerte delante de esa ventana. O —hice una pausa y dejé que la palabra colgara un minuto—, puedes contármelo todo.

Se dio la vuelta bruscamente y se tumbó en el catre. Yo sabía que la ventana le preocupaba. También le preocupaba Wilson y lo que yo sabía.

—Podrías hablar y salvarte el pellejo —dije—.

Wilson lleva tres días sin beber y en cualquier momento nos dirá todo lo que sabe. Después no nos preocuparás más.

En ese momento me fui a ver a Ceran St. Vrain. Era el hombre más poderoso de Mora, y pedí que viniera Vicente Romero, y tuvimos una charla. Ollie Shaddock, Bill Sexton y Orrin también estaban allí.

—Quiero diez ayudantes —dije—, quiero que Ceran escoja a cinco y Romero a los otros cinco. Quiero tipos de confianza. No me importa si son buenos con la pistola, quiero ciudadanos comprometidos.

Ellos los escogieron y hablamos de la situación. Puse mis cartas sobre la mesa. Les dije cuál era la situación sin rodeos.

Wilson cantó. Había participado en el asesinato de Torres y los otros y delató a los otros involucrados. Yo les informé de que Paisano y Dwyer estaban en las colinas y que yo mismo iba a buscarles. Cumplí mi palabra con Tina Fernández. El propio Ceran me prometió que la iría a buscar con un par de sus jinetes. Era un hombre que todo el mundo respetaba, apreciaba y temía.

De Jonathan Pritts lo conté todo. Les informé de nuestra reunión con él en Abilene, de nuestra charla en Santa Fe, de los hombres en Pawnee Rock y todo lo que había hecho desde entonces. El St. Vrain era un viejo amigo de la familia Alvarado y sabía muchas cosas que le estaba contando.

—¿Qué quiere, señor? ¿Qué desea hacer?

—Creo que Fetterson está listo para hablar —dije—, tenemos a Wilson, a Tina y la evidencia mía y de Cap, porque seguimos a los asesinos hasta Tres Ritos.

—Y qué hacemos con la señora Sackett? —preguntó St. Vrain.

Ahí dudé. —Es una mujer y me gustaría dejarla fuera de todo esto.

Todos estuvieron de acuerdo, y cuando terminó la reunión me fui a tener una última charla con Fetterson.

Así que éste era el final. Se me había pasado el enojo. Juan Torres estaba muerto y otra muerte no lo devolvería. Jonathan Pritts sufriría viendo sus proyectos venirse abajo, como ocurriría. Sabía que Vicente Romero era el hombre más respetado de la colonia hispana y St. Vrain de los anglos. Una vez que dijeran lo que tenían que decir, Jonathan Pritts no tendría ninguna influencia a nivel local o en Santa Fe.

Orrin y yo caminamos juntos hasta la cárcel. Era bueno caminar a su lado como los hermanos que éramos.

—Es duro —dije—. Sé cómo te sientes por lo de Laura, pero Orrin, te enamoraste de lo que creías que era. A veces uno crea la imagen de una muchacha en su mente y al final es el único lugar en que la muchacha existe.

—Quizás —Orrin estaba decaído— no nací para el matrimonio.

Nos detuvimos delante de la oficina del sherif y Cap salió y se juntó con nosotros.

—Tom está en el pueblo —dijo—, y está bebido y buscando pelea.

—Iremos a hablar con él —dijo Orrin.

Cap le agarró el brazo. —Orrin, tú no. Tú lo sacas de sus casillas. Si vas a verle ahora habrá tiroteo seguro.

—¿Un tiroteo? —Orrin sonrió incrédulo—. Cap, estás muy equivocado. ¡Tom es uno de mis mejores amigos!

—Mira —contestó Cap rápidamente—, no eres ningún novato. ¿Cuánto sentido común o razón hay detrás de dos tercios de las muertes por aquí? Tropiezas con un tipo y le derramas el trago, dices algo improcedente... no tiene que tener sentido.

—Con Tom no hay peligro —insistió Orrin—. Me jugaría la vida.

—Eso es lo que vas a hacer —contestó Cap—. No es el mismo Tom Sunday que juntaba ganado con nosotros. Se ha vuelto un hombre malo, y te guarda rencor por una manada de cosas. Vive solo y le pega a la botella.

—Cap tiene razón —le dije—, Tom es un resentido.

—Vale, no quiero problemas ni con él ni con nadie.

—Se acercan las elecciones —agregó Cap—. Si te lías a tiros la gente te dará la espalda.

Contrariado, Orrin se subió al caballo y se fue al rancho. Por primera vez en mi vida me alegré de verle marchar. Los problemas llevaban meses cocinándose, y Tom Sunday era sólo una parte, pero lo último que quería era un tiroteo entre Tom y Orrin.

Eso debía prevenirse a toda costa por ellos mismos y por el futuro de Orrin.

Cuando Orrin se había ido Ollie se personó en la oficina. —Pritts está en Santa Fe —dijo—, y no está logrando nada. Vicente Romero y St. Vrain han estado allí y parece que le han desbaratado todos sus planes.

Tina se estaba quedando con Dru y teníamos la declaración de Wilson. Esperaba que se librara, porque en el fondo no era malo, pero las malas compañías y el alcohol lo habían atrapado.

Nos habló claramente de todo lo que había acontecido desde Pawnee Rock, y tomamos su testimonio delante de siete testigos, tres mexicanos y cuatro anglos. Cuando llegara el juicio, no quería que dijeran que habíamos conseguido su declaración a base de golpes, pero una vez que empezó a hablar no dejó nada en el tintero.

El miércoles por la noche fui a ver a Fetterson. Me había retirado para darle tiempo para pensar. Estaba flaco y además asustado. Era un hombre de mucha valentía, pero a nadie le gusta ser diana en una galería de tiro.

—Fett —dije—, no puedo prometerte más que una oportunidad en el tribunal, pero cuanto más cooperes, mejor. Si quieres salir de esta celda tienes que hablar.

—Tyrel, eres un hombre duro —dijo secamente—. Te obsesionas con las cosas.

—Fett —dije—, los hombres como nosotros marcamos en historia. La gente ahora quiere solucionar sus problemas en los tribunales, no con pistolas. Las mujeres y los niños que vienen al oeste quieren pasear por la calle sin temor a balas perdidas a su alrededor. Un hombre tiene que reconciliarse con los tiempos.

—Si hablo me colgaré yo solo.

—Quizás no... la gente tiene más ganas de acabar con todo esto que de castigar a nadie.

Todavía dudó, así que lo dejé allí y salí fuera a

disfrutar del fresco de la noche. Orrin estaba en el rancho y tanto mejor y Cap Rountree andaba por la calle.

Bill Shea salió del edificio de la cárcel. —Tyrel, ve a dar un paseo si quieres —sugirió—; aquí nos quedamos tres de nosotros.

Ensillé el caballo de Montana y fui a visitar a Dru. Era de noche en el desierto y el cielo estaba nítido y las estrellas parecían tan próximas que uno creería que las derribaría con un palo. Dru había vendido la casa grande cerca de Santa Fe y pasaba la mayor parte del tiempo en esta casa pequeña pero cómoda cerca de Mora.

Salió a la puerta a recibirme y pasamos dentro. Le conté de la reunión con Romero y St. Vrain y de la situación con Fetterson.

—Tye, sácalo de allí antes de que alguien lo mate. No está bien tenerlo allí.

—Quiero que hable.

—Sácalo —insistió Dru—, debes hacerlo. Piensa cómo te sentirías si lo mataran.

Tenía razón, y lo había estado pensando.

—Bien —contesté—, lo haré a primera hora de la mañana.

A veces las cosas más importantes en la vida son aquellas de las que menos se habla. Así pasaba con nosotros dos. No pasaba un día que no pensara en ella, siempre estaba conmigo, pero cuando estábamos juntos hablábamos poco porque no había necesidad de palabras. Algo existía entre nosotros que los dos entendíamos.

Las horas más felices de mi vida las pasé cabalgando con Dru o sentado en la mesa a su lado. Siempre recordaré su cara a la luz de la vela... Siempre la veía de esa manera, rodeada de dulces sonidos, el susurro de sus vestidos, el tintineo de la plata y el cristal, y su voz calmada y siempre atrayente.

Dentro de las espesas paredes de adobe de la vieja casa española reinaba la tranquilidad y el sosegado frescor que siempre asocié con ese tipo de vivienda. Cuando uno traspasaba el umbral, entraba en otro mundo y dejaba fuera los problemas, la confusión y la tormenta diaria.

—Dru, cuando pase todo esto —dije—, no vamos a esperar más. Pronto acabará, veras.

—No necesitamos esperar. —Dio la vuelta desde la ventana donde estábamos parados y me miró a los ojos—. Yo ya estoy lista.

—Esto debe terminar primero, Dru. Es algo que tengo que hacer y cuando acabe me quitaré la placa y dejaré los cargos públicos para Orrin.

De repente me invadió el desasosiego y le dije: —Me tengo que ir.

Me acompañó hasta la puerta. —Ve con Dios —dijo, y ella esperó hasta que partí.

Esa noche hubo problemas en el pueblo, pero no eran los que yo esperaba.

CAPÍTULO 19

OCURRIÓ CUANDO DEJÉ mi caballo delante de la taberna y entré para echar un último vistazo alrededor. Eran más de las diez, tarde para el pueblo de Mora. Entré en la taberna y me metí en el avispero.

Dos hombres se enfrentaban en mitad del salón. El resto estaban contra la pared.

Chico Cruz, mortífero como un reptil, estaba de pie en posición con actitud indiferente, sonreía y sus negros ojos parecían distantes y sin expresión.

Encarándolo estaba Tom Sunday.

Grande, rubio y poderoso, sin afeitar como últimamente, más pesado que nunca, sólido y rotundo como un fortín.

Ninguno de los dos me vio. Su atención estaba centrada en el otro y el olor a muerte flotaba en el ambiente como el de un rayo en una ladera rocosa. En cuanto caminé unos pasos, desenfundaron.

Lo vi con mis propios ojos. La mano de Chico se encendió. No creía que se pudiera desenfundar tan rápido, su revólver salió a la palestra y de repente él se sacudió, rebotó de lado y la pistola cayó al suelo. Y Tom Sunday empezó a caminar, pistola en mano. Chico intentaba llegar al revólver, pero Tom se paró, se abrió de piernas y brutalmente le disparó un tiro al cuerpo, y sin inmutarse, otro más.

Chico soltó la pistola y pegó en el suelo un porrazo. Dio una vuelta y al girar sus ojos se encontraron con los míos. En el silencio que siguió al tronar de las pistolas dijo claramente: —No era usted.

Cayó entonces como un fardo, su sombrero salió volando y se quedó muerto en el suelo.

Tom Sunday se volvió y me miró. Sus ojos ardían calientes y duros. —¿Me estás buscando? —dijo—. Sus palabras parecían un desafío.

—Tom, fue un duelo justo —dije discretamente—. No te busco.

Me empujó a un lado y salió por la puerta. El cuarto se inundó de una charla incontenible. —Nunca lo hubiera creído... lo más rápido que vi en mi vida... ¡Pero *Chico*! —la voz sonaba asombrada—. ¡Mató a *Chico Cruz*!

Hasta ese momento creí que si había dificultades Orrin podría protegerse de Tom Sunday, pero ya no.

Sabía mejor que nadie de qué estaba hecho Orrin. Era atrevido como el que más, pero no tenía la velocidad de Tom. Y tenía un defecto fatal: Orrin lo apreciaba de veras.

¿Y Tom?

Por algún motivo pensé que Tom ya no tenía sentimientos por nadie, excepto tal vez por mí.

La camaradería había desaparecido. Tom se había encerrado en sí mismo y se había vuelto amargado y duro.

Cuando sacaron el cuerpo de Chico intenté averiguar quién había empezado la pelea, pero fue como tantas otras peleas de cantina, sencillamente pasó. Dos hombres duros, nerviosos que no estaban dispuestos a que los molestaran. Quizás fue una palabra, un trago derramado, un empujón o un roce, y de repente surgieron las pistolas y empezaron a disparar.

Tom se había ido del pueblo.

Cap estaba sentado en el edificio de la cárcel con Babcock y Shea cuando entré. Podía ver a Fetterson a través de la puerta abierta. Caminé hasta la celda.

—¿Es verdad lo que dicen?

—Tom Sunday mató a Chico Cruz... desenfundó antes.

Fetterson agitó incrédulo la cabeza. —Nunca lo hubiera creído. Pensé que Chico era el más rápido de todos... menos tú.

Fetterson sonrió de repente. —¿Qué pasa contigo y Tom? ¿Todavía sois amigos?

Me hizo enfadar y me acerqué, y él se retiró mientras no dejaba de sonreír. —Vale, sólo preguntaba —añadió—; algunos nunca creyeron ese cuento de que Cruz se retractase ante ti.

—Tom es mi amigo —le dije—, siempre seremos amigos.

—Quizás —dijo—, quizás. —Caminó de nuevo hasta los barrotes—. Me parece que no soy el único que tiene problemas.

Fuera en la penumbra le conté a Cap lo que había ocurrido. Escuchó atento, asintiendo pensativamente.

—Tyrel —dijo Cap—, hemos sido amigos, y el polvo y la sangre del sendero unen, pero ten cuidado con Tom Sunday. Vigílalo. Ese hombre se ha vuelto loco como el viejo búfalo que abandona la manada.

Cap se sacó la pipa de la boca y vació la ceniza golpeándola contra el poste. —¡Tyrel, hazme caso! Ha empezado y nada ni nadie lo va a detener. Orrin será el próximo y después irás tú.

Esa noche ensillé el caballo y me fui al rancho a dormir; hice una parada en la garganta por donde fluye el río, recordando a Juan Torres que murió allí. Era un territorio cruento y hora de que se pacificara. No quería admitir lo que Cap me había dicho, pero tenía razón, y yo tenía miedo, mucho miedo.

Como si el duelo, que no tenía nada que ver con Pritts, Alvarado o conmigo, hubiera impulsado algo de Santa Fe a Cimarrón, la tapa reventó. Quizás Pritts era lo bastante hábil para ver la fragilidad de su propia posición, y si algo tenía que hacerse tendría que ser ahora.

Jonathan y Laura se mudaron a Mora. Parecía que habían venido a quedarse.

Se estaba preparando el juicio de Wilson y Fetterson por el asesinato de Juan Torres.

Mudamos a Fetterson a un cuarto en un viejo adobe calle arriba que había sido un antiguo fuerte. Lo trasladamos de noche y al día siguiente pusimos un maniquí en la ventana de la cárcel. Lo colocamos antes del amanecer y después Cap, Orrin y yo fuimos hasta las colinas dónde sabíamos que debíamos estar.

Escuchamos disparos debajo de donde estábamos y bajamos rápidamente. Cargaban Sharps de matar búfalos. Los dos dispararon y cuando oímos los rifles salimos de detrás de los árboles y los rodeamos. El Sharps es un buen rifle, pero de un solo tiro; los teníamos cubiertos con nuestros Winchesters antes de que pudieran coger los caballos o tuvieran tiempo de recargar.

Paisano y Dwyer. Con las manos en la masa y nada

que mostrar que no fuera un par de balas a través de un maniquí.

Eso fue lo que perdió a Jonathan Pritts. Ya teníamos cuatro de los siete hombres y en pocas horas conseguimos a dos más. El séptimo hombre no daría más problemas. Una noche, borracho, camino a casa, algo asustó a su caballo, que lo tiró, se entrampó el pie con el estribo y no se pudo hacer mucho por él. Había perdido su pistola por el sendero y no pudo disparar al caballo. Lo encontraron enredado en unos matorrales con el pie todavía en el estribo. La única manera de reconocerlo fue por las botas nuevas, por el caballo y por la silla de montar. Un hombre que muere arrastrado no es un espectáculo agradable. Cuando lo encontramos, llevaba muerto de diez a doce horas.

Ollie vino a la oficina del *sheriff* con Bill Sexton y Vicente Romero. Preparaban un mitin político y Orrin iba a hablar. Algunos personajes importantes de Santa Fe iban a asistir, pero estaba proyectado como un día importante para Orrin.

Era un buen momento para presentarse y el escenario se estaba preparando. Sería un gran evento y la gente vendría de todas partes de la comarca. Todo el mundo estaría allí y vestido con sus mejores galas de domingo.

En preparación hice las rondas y expulsé del pueblo a varios forajidos. Quiero decir que los convencí que serían mas felices en Las Vegas, Socorro o Cimarrón y que debían irse ya.

Y se fueron.

—¿Has escuchado lo que se rumorea? —me preguntó Shea.

—¿Qué dicen?

—Que Tom Sunday va a venir al pueblo a buscar a Orrin.

—Tom Sunday y Orrin son amigos —dije—; sé que Tom ha cambiado, pero no creo que vaya a hacer eso.

—Tyrel, olvídate de ese modo de pensar. Créeme, a ese hombre no le quedan amigos. Parece un oso con dolor de muelas y nadie se atreve a acercarse. El hombre ha cambiado, y practica todos los días con la pistola. La gente que viene de allí dice que oyen los disparos a cualquier hora.

—Tom nunca pensó que Orrin supiera pelear. No lo conocía como yo...

—Eso no es todo. —Shea colocó el puro en el borde del escritorio—. Se preguntan qué pasaría si tú y Tom os enfrentáis.

Bueno, me enfadé. Me levanté, caminé por la oficina y maldije. Sí, y eso que soy un hombre al que no le gusta jurar.

Pensándolo bien, no recuerdo demasiados pistoleros que lo hagan. La gran mayoría son parcos de palabra y beben poco güisqui.

Pero sabía una cosa: Orrin no debía encontrarse con Tom Sunday. Aun cuando Orrin le ganara, Orrin perdería. Unos años atrás no habría importado que peleara con un pistolero, pero ahora podría arruinar su carrera.

Si Orrin se fuera del pueblo..., pero no podía. Iba a ser el orador en un importante mitin político y sería justo el momento cuando Tom Sunday estaría en el pueblo.

—Gracias —dije a Shea—, gracias por advertirme.

Dejé a Cap a cargo de la oficina y monté hasta el rancho. Orrin estaba allí y nos sentamos a cenar con Mamá. Fue un placer tener los pies de nuevo bajo la misma mesa, y Mamá estaba animada como antes.

El día siguiente era domingo y Orrin y yo decidimos llevar a Mamá a la iglesia. Era una mañana tranquila con un sol brillante, y Orrin llevó a Mamá en la calesa y los muchachos y yo montamos detrás.

Vestíamos trajes de paño fino negro y éramos algo digno de ver, con Mamá, que era diminuta, rodeada de cuatro hijos altos y enormes como nosotros. Dru se juntó a nosotros, y allí al lado de Mamá y de Dru me sentí orgulloso.

Fue un servicio que no olvidaré, porque cuando Ollie se enteró de que iba a estar toda la familia, vino y se quedó con nosotros y cantamos himnos y escuchamos el sermón.

No sabía si Orrin sabía lo de Tom, pero sentí la necesidad de prevenirle. Si yo creía que él no me iba a hacer caso, estaba equivocado. Cuando se lo conté, se puso muy serio.

—No me puedo ir —me contestó—. Todos sabrían el motivo, y si piensan que tengo miedo, perdería tantos votos como si me liara con él a tiros.

Tenía razón, y nos preparamos para el mitin, preocupados, a pesar de que iba a ser la gran oportunidad de Orrin y su discurso más importante, que lo lanzaría a la política. Toda la gente de la capital que tenía influencia política vendría a escucharle.

Todos sabían que Orrin iba a hablar y que Tom iba a estar allí. Y no podíamos hacer otra cosa que esperar.

Jonathan Pritts sabía que se le había excluido y que

no era ningún accidente. También sabía que era un día importante para Orrin y que el distanciamiento de Laura no le había perjudicado en absoluto.

Jonathan también sabía que el juicio estaba próximo, y antes de que el abogado terminara de interrogar a Wilson y a algunos de los otros, todos sus tejemanejes en el territorio saldrían a la luz. No había forma de detener el proceso, pero si algo le pasara a Orrin o a mí, si hubiera una liberación forzosa de los prisioneros....

No se atrevería.

¿O sí?

CAPÍTULO 20

A PESAR DE que era temprano cuando cabalgué desde el rancho, el sol calentaba la calle esa mañana. El pueblo estaba silencioso y un perro perezoso echado en la acera abrió un ojo y movió el rabo —como quien dice "yo no le molestaré a Ud. si Ud. no me molesta a mí"— cuando me acerqué.

Cap Rountree me examinó con sus viejos y agudos ojos mientras me acercaba galopando. —¿Vas pintado de guerra, muchacho? Si no, más te vale. El día de hoy me da mala espina.

Bajé de la silla de montar, me puse a su lado y miré las colinas frente al horizonte. La gente del pueblo se estaba levantando, o incluso no habrían dormido pensando en los acontecimientos del día. Habría discursos, un concierto y la mayoría traerían sus cestas de comida.

—Espero que no venga.

Cap cebó la pipa de tabaco. —Vendrá.

—¿Qué pasó, Cap? ¿Cómo empezó todo?

Apoyó su escuálido hombro contra el poste de la marquesina.

—Se podría decir que fue en los carros quemados cuando Orrin y él pelearon por ese dinero. A ningún hombre le gusta que le lleven la contraria.

—O se podría decir que fue allí en el campamento

de Baxter Springs, o quizás fue el mismo día de naci-
miento de ellos. A veces nacen tipos que se odian
desde que se conocen... Parece un sinsentido, pero
así es.

—Ambos son orgullosos.

—Tyrel, Tom se ha convertido en un asesino,
nunca te olvides de eso. Infecta a algunos hombres
como la rabia, y siguen matando hasta que alguien
los mata a ellos.

Nos quedamos ahí parados, sin hablar por un rato,
cada uno ocupado con sus propios pensamientos. ¿Qué
estaría haciendo Dru a esa hora? Levantándose, planeando su día, bañándose, peinándose su largo y oscuro
pelo, desayunando.

Dando la vuelta, entré en la oficina y empecé a leer
el correo. Esta mañana había una carta de mi hermano mayor, Tell. Estaba en Virginia City, Montana,
y planeaba bajar a vernos. Eso agradaría a Mamá.
Había pasado mucho tiempo desde que le vimos por
última vez.

También había una carta de la muchacha a quien
habíamos enviado el dinero que encontramos en el
carro quemado... Venía al oeste y quería conocernos.
La carta tenía matasellos de Santa Fe, donde había estado varias semanas... a estas alturas ella debería
estar por aquí, o cerca.

Tuve un sentimiento extraño al recibir esa carta
esta mañana, recordando los problemas que había
creado.

Cap entró y le dije: —Me voy a tomar un café con
Dru. Cuida el fuerte, ¿quieres?

—Adelante, muchacho. Haz lo que quieras.

La gente empezaba a acumularse por las calles, y

algunos colgaban banderas de adorno. Había carros a lo largo de la calle, todos con cestas de comida en la parte de atrás. Había hombres altos, huesudos, vestidos de domingo, y mujeres con trajes nuevos de cuadros y sombreros de paja. Los niños correteaban y jugaban por las calles, las madres los reñían y los reprendían, mientras las niñas, almidonadas y llenas de lazos, les miraban con una mezcla de envidia y desprecio.

Era bueno estar vivo. Todo parecía ir a cámara lenta, como si todo fuera despacio... ¿era lo que sentía un hombre en su último día? ¿Era mi último día?

Cuando golpeé la puerta, Dru vino a recibirme. Aparte de darme la bienvenida, notaba su preocupación.

—¿Señora, puede ofrecer a este vagabundo una taza de café? Pasaba por aquí y me gustó su casa.

—Entra, Tye. No tienes que llamar a la puerta.

—Es un día importante para el pueblo. Nunca vi tantas personas. He visto gente de Santa Fe... y hasta de Ratón y Durango.

La sirvienta trajo el café y nos sentamos en la mesa de desayuno, mirando a través de la ventana al pueblo y a la ladera de la montaña. Estuvimos hablando un rato y por fin me levanté y ella me acompañó hasta la puerta. Me puso una mano en la manga.

—Quédate aquí, Tye... no te vayas.

—Tengo que irme. Hoy tengo mucho que hacer.

La gente atestaba las calles, había carros amontonados donde se iba a dar el discurso y muchos estaban cogiendo lugar para estar cerca de la tarima y oír bien. Cuando llegué a la oficina Orrin ya estaba allí vestido con una chaqueta negra y corbata de cordón.

Aunque me sonrió, lo noté serio. —Te levantas y hablas —dije—. Tú eres el orador de la familia.

Me quedé en la oficina. Cap estaba fuera olfateando noticias como un perro viejo e inteligente que busca los senderos entre el polvo o los parches de baya.

No había señal de Tom Sunday, y alrededor de la cárcel todo estaba tranquilo. Jonathan Pritts no estaba por ninguna parte. Mis guardias estaban intranquilos. La mayoría eran padres de familia y querían estar con ella en un día tan importante.

Mamá y los muchachos llegaron a mediodía, Mamá en la calesa con Joe de conductor. Ollie les había reservado sitio para que Mamá pudiera oír el discurso, y sería la primera vez que iba a oír hablar públicamente a Orrin. La gente disfrutaba escuchando los discursos, y alguien que hablara bien se los podía meter en el bolsillo. Era un hombre importante.

Me puse los pantalones negros de paño fino por encima de las botas, algo que estaba empezando a ponerse de moda, una camisa gris con corbata de cordón negro y una chaqueta negra trenzada de estilo español y un sombrero negro. Llevaba la pistola, y otra escondida en la cintura bajo la chaqueta.

Hacia el mediodía, Caribou Brown y Doubleout Sam entraron en el pueblo. Shea les vio y vino en seguida a contármelo. Bajé a la taberna donde estaban pegados a la barra.

—Bien, muchachos. Terminen sus tragos y váyanse.

Se dieron la vuelta y me miraron; los dos me

conocían. Eres un hombre muy duro —dijo Brown—. ¿No podemos quedarnos a ver el espectáculo?

—Lo siento.

Tenían sus tragos recién servidos y no les gustó lo que les dije. Cuando los terminaron yo seguía allí esperando.

—Si salen ahora mismo pueden llegar a Vegas —les dije—. Si se quedan tendrán problemas. Los meteré a ambos en la cárcel y el mes que viene seguirán allí.

—¿Bajo qué cargos? —preguntó Sam, disgustado.

—Holgazanear, obstruir la justicia, interferir con un oficial, venta ambulante... Ya se me ocurrirá alguna otra cosa.

—¡Maldito seas! —dijo Brown—. Venga, Sam..., vámonos. Abandonaron el local.

—¡Muchachos!

Se volvieron. —No se queden por aquí. Tengo oficiales encargados de la seguridad del pueblo. Son conocidos y si regresan les dispararán en cuanto les vean.

Se largaron y me alegré de verlos marchar. Eran unos buscapleitos del grupo de los colonos y habían estado involucrados en varios tiroteos.

A medida que la gente se iba acercando al lugar de los discursos y de la banda de música, que tocaba a todo volumen, las calles empezaron a vaciarse. Avanzando lentamente por las calles casi vacías, el ruido de mis tacones se oía retumbar. Cuando llegué hasta el adobe donde Fetterson estaba preso, me detuve. Shea hacía guardia.

—Hola, Fett —dije.

Se levantó y se acercó a los barrotes. —¿Es verdad que dispararon en mi celda? ¿A un maniquí?

—¿Qué esperabas? Fetterson, puedes colgarlo, y él lo sabe. Tiene que hacer algo... ¡o salir disparado!

Fetterson se frotó la mandíbula. Parecía angustiado. —¿Cómo puede hacerme estas cosas? —preguntó de repente—. ¡Maldita sea!, si siempre jugué limpio con él.

—Fett, estás equivocado. Le importas un comino, sólo le interesas si le eres útil. Cuando no es así, se acaba su interés. Eres demasiado bueno para que te desperdicien. Fett... eres fiel a un hombre que no sabe lo que es la lealtad.

—Quizás. Quizás.

Escuchó a la banda, que tocaba "Mi querida Nelly Gray". —Parece que se están divirtiendo —dijo con anhelo.

—Me tengo que ir —dije—, van a empezar los discursos.

Cuando salí lo dejé agarrando los barrotes. Shea se levantó y salió afuera conmigo. —¿Esperas problemas?

—En cualquier momento.

—Bien —acunó la escopeta de caza en sus brazos—, no quiero perderme la fiesta.

Oí a Ollie presentar a alguien desde donde se congregaba la gente cerca de unos edificios. Hice una pausa y escuché. Era un orador de Santa Fe, el que precedía a Orrin. Escuché su fuerte tono, aunque estaba muy lejos para entender lo que decía. Y de repente ocurrió. Ocurrió tan deprisa que me cogió desprevenido.

Inesperadamente entraron por la calle abajo de la cárcel y entraron a pie. Era obvio que durante la noche se habían ocultado en las casas de algunos ciudadanos. Eran ocho y tenían rifles. Las caras me resultaban familiares, porque todos eran del grupo de los colonos.

Estaban cerca de la cárcel y dentro había un hombre. Probablemente había dos hombres. Calle arriba detrás de mi Shea poco podía hacer a menos que le hiciera sitio, pero yo tenía que estar situado donde pudiera hacer el mayor daño posible.

Torciendo en ángulo recto, caminé por el medio de la calle y los confronté. Nos separaban sesenta yardas. Mirando los rifles y las escopetas de caza, supe que iba a tener problemas, pero era lo que había esperado.

Eran ocho y estaban confiados. Eran también conscientes de que yo iba a pegar al menos un tiro y era probable que matase a uno de ellos... y nadie quería ser ése.

—Muchachos, ¿qué vais a sacar de todo esto? —pregunté indiferente—. ¿Cincuenta dólares cada uno? Es una pena que Jonathan no os pague más... Espero que os haya pagado por adelantado.

—¡Queremos las llaves! —el que habló se llamaba Stott—. ¡Tíranoslas!

—Stott, estás hablando..., pero ¿estás mirando? Los muchachos os van a disparar desde la cárcel.

—¡Las llaves!

Iba a matar a Stott. Era el líder. Iba a dispararle a él y a tantos otros cuantos pudiera.

Se escuchó un ruido calle abajo detrás de ellos. Algo pasaba, pero no me atreví a quitarles la vista. Así que empecé a caminar. Fui derecho hacia ellos; esperaba acercarme tanto que pondrían sus vidas en peligro si empezaban a disparar. Detrás de ellos vi algo que se movía, y cuando comprendí de que se trataba, me quedé tan sobresaltado que en ese instante podrían haberme matado.

Era Dru.

No estaba sola. La acompañaban seis jinetes vestidos de ante, todos con Winchesters y listos para empezar el tiroteo.

—Bien —dije—, se acabó la diversión. Tiren al suelo sus cinturones de balas.

Stott estaba enfadado. —¿Qué quieres probar? —Detrás de él sonaron los siete Winchesters preparándose al unísono. Scott giró y miró atrás. Después de eso se acabó la cosa... no querían más problemas. Los desarmamos y los metimos en la cárcel con los otros.

Dru caminó su caballo hasta el frente de la cárcel. —Miguel les vio venir —dijo—, y vinimos para ayudaros.

—¿Ayudar? Lo hicisteis todo.

Hablamos en la calle y caminé al lado de su caballo hasta donde estaban dando los discursos. Cuando esto terminara iba a perseguir a Jonathan Pritts. Iba a detenerlo, pero por extraño que parezca, no lo quería encarcelar. Era un hombre mayor, y la derrota lo hundiría, y ya estaba bastante fustigado. Cuando esto terminara lo arrestaría, pero si St. Vrain, Romero y los otros estaban de acuerdo, lo expulsaría del pueblo con su hija y su calesa... esos dos se merecían.

Presentaron a Orrin. Se levantó, caminó hasta el frente de la plataforma y empezó a hablar con su labia galesa. Habló tranquilamente, distinto a como lo habían hecho los otros. Habló como si los presentes fueran sus amigos y estuvieran en su casa, aunque según iba animándose con el discurso, su voz se volvía más poderosa y convincente. Hablaba como nunca le había oído antes.

Parapetado a la sombra de un edificio, le escuché lleno de orgullo. Ése era mi hermano... era Orrin. Ése era el muchacho con el que me había criado, con el que había dejado las montañas, juntado ganado y peleado con los indios.

Ahora tenía un poder extraño, fruto de sus creencias y sueños y de esa magia galesa de su voz y mente. Hablaba de lo que necesitaba el país, lo que se tenía que hacer, pero lo hacía en su propio idioma, el idioma de las montañas, del desierto, de los senderos de ganado. Y yo estaba orgulloso de él.

Dando la espalda a la muchedumbre, caminé lentamente de vuelta por la calle, escoltado por los edificios. De repente, cuando entré en una calle iluminada de sol, apareció Tom Sunday.

Me quedé parado donde estaba. No le podía ver los ojos, que parecían manchas de luz debajo del ala de su sombrero.

Era grande, ancho y poderoso. Estaba sin afeitar y sucio, pero nunca en mi vida había visto una figura tan impactante.

—Hola, Tom.

—Tyrel, he venido por él. No te metas.

—Está construyendo su futuro —dije—; tú le ayudaste a empezarlo, Tom. Va a ser un hombre importante y tú lo ayudaste.

Quizás ni me oyó. Me miró fijamente como el que mira a través de un estrecho corredor.

—Voy a matarlo —dijo—; debería haberlo hecho hace años.

Estábamos conversando, pero algo me advirtió que tuviera cuidado. ¿Qué había dicho Cap? Era un asesino y seguiría matando hasta que algo o alguien lo detuviera.

Este era el hombre que había matado al Durango Kid, a Ed Fry y a Chico Cruz... A Chico no le dio tiempo ni a disparar un tiro.

—Tye, quítate de en medio —dijo—; no tengo nada contra ti.

Él iba a matarme.

Iba a morir... De eso estaba seguro.

Pero él no debía salir vivo. Orrin se merecía su futuro. De todos modos, yo era el malo... Siempre lo había sido.

Ya había intervenido para ayudar a Orrin en una ocasión y lo haría de nuevo ahora.

Estábamos solos en la calle: Tom Sunday, el hombre que había sido mi mejor amigo, y yo. Él me había defendido y habíamos bebido de los mismos ríos, peleado juntos contra los mismos indios...

—Tom —dije—, ¿recuerdas esa tarde polvorienta en la ladera por el Purgatoire cuando nosotros...?

El sudor me chorreaba por la espalda y tenía sabor a sal en los labios. Llevaba la camisa abierta hasta el cinturón, y frente a mis ojos él mostraba su pecho velludo y la ancha hebilla de su cinturón. Tenía el sombrero calado y no había expresión en su cara.

Éste era Tom Sunday, mi amigo..., sólo que ahora era un extraño.

—Tye, quítate de en medio —dijo—, voy a matarlo.

Habló bien, sosegadamente. Sabía lo que tenía que hacer, pero este hombre me había enseñado a leer, me había prestado libros, había cabalgado las llanuras conmigo.

—No puedes hacerlo —dije. En ese instante fue a sacar la pistola.

Un momento antes de que desenfundara supe que lo iba a hacer. Fue una fracción de segundo, un impulso que como un pestañeo activó mi mente.

Bajé la mano y empuñé la pistola. El sacó la suya y me miró por encima con una mirada llena de fuego. Vi su arma florecer con una rosa de llamas y sentí mi pistola sacudirse en mi mano, después di un paso rápido adelante y a la izquierda y disparé de nuevo.

Estaba de pie mirándome por encima de su pistola y disparó, pero falló el tiro. Moví el gatillo hacia atrás y grité: —Maldito seas, Tom...—, y le disparé al pecho.

Quedaba ahí parado pero ahora bajaba el cañón de su pistola y seguía mirándome.

Sus ojos tenían una expresión extraña, confusa. Caminó hacia mí y dejó caer su revólver. —Tyrel... Ty, ¿qué...? —Extendió la mano hacia mí, pero cuando me apresuré para agarrarla, se desplomó.

Cayó de bruces en el polvo, y cuando pegó en la tierra gimió. Se dio media vuelta, e hincándome de rodillas, le agarré fuerte la mano.

—Tye... Tye, maldita sea, yo... —Respiraba roncamente, y la pechera de su camisa estaba empapada de sangre.

—Los libros —susurró—, toma... los libros.

Murió así, agarrado de mi mano, y cuando miré la calle estaba llena de gente. Orrin y Dru también estaban allí.

Y por encima de las cabezas vi cerca a Jonathan Pritts.

Apartando a la muchedumbre, me detuve y lo confronté. —Váyase del pueblo —le dije—, salga del estado. Si no está fuera dentro de una hora, o si regresa por cualquier razón, lo mataré.

Se dio la vuelta y se alejó, la espalda recta como una tabla..., pero ni siquiera pasaron treinta minutos cuando él y Laura se alejaron del pueblo en una calesa.

—Tye, era mi batalla —dijo Orrin bajito—, era mi batalla.

—No, era la mía. Desde el principio era mía. Pienso que él sabía que lo sería. Quizás los dos lo sabíamos... y Cap. Creo que Cap Rountree lo supo el primero.

VIVIMOS EN LAS colinas detrás de Mora, y a veces en Santa Fe. Dru y yo... tenemos sesenta mil acres de tierra en dos estados y mucho ganado. Orrin es senador del estado y piensa en proyectos mayores.

A veces por la tarde cuando crecen las sombras, pienso cómo dos muchachos salieron de las montañas de Tennessee para construirse una casa en el oeste.

Encontramos nuestra casa, y trabajamos y cultivamos nuestra tierra. Y desde el día cuando en la calle de Mora maté a Tom Sunday no he vuelto a retar a nadie con una pistola.

Ni lo haré...

Sobre Louis L'Amour

"Me considero parte de la tradición oral —un trovador, un narrador del pueblo, el hombre en las sombras de la hoguera del campamento. Así es como me gustaría que me recordaran— como un narrador. Un buen narrador".

PROBABLEMENTE NINGÚN AUTOR pueda sentirse tan partícipe del mundo de sus propias novelas como Louis Dearborn L'Amour. Físicamente podía calzar las botas de los recios personajes sobre los que escribía y, además, había "paseado por la tierra de sus personajes". Sus experiencias personales y su dedicación a la investigación histórica se unieron para proporcionarle al Sr. L'Amour un conocimiento y un entendimiento único de la gente, de las situaciones y de los desafíos de la frontera americana que llegaron a ser el sello de su popularidad.

De ascendencia franco-irlandesa, el Sr. L'Amour podía remontar su propia familia en América del Norte a principios del siglo diecisiete y seguir su marcha infatigable hacia el oeste, "siempre en la frontera". Se crió en Jamestown, Dakota del Norte, y absorbió la herencia fronteriza familiar, incluso la historia de su bisabuelo escalpado por los guerreros sioux.

Estimulado por una insaciable curiosidad y un

deseo de ampliar sus horizontes, el Sr. L'Amour abandonó el hogar a los quince años, realizando numerosos y variados trabajos, incluyendo los de marinero, leñador, domador de elefantes, carnicero, minero y oficial del departamento de transportes durante la Segunda Guerra Mundial. Por entonces también dio la vuelta al mundo en un buque de carga, navegó una embarcación en el Mar Rojo, naufragó en las Indias Orientales y se extravió por el desierto de Mojave. Como boxeador profesional, ganó cincuenta y una de cincuenta y nueve peleas, y también trabajó de periodista y conferenciante. Era lector voraz y coleccionista de libros únicos. Su biblioteca personal contenía 17.000 volúmenes.

El Sr. L'Amour quería escribir "casi desde que podía hablar". Tras desarrollar una audiencia extendida con sus relatos fronterizos y de aventuras que se publicaban en revistas, en 1953 el Sr. L'Amour publicó su primera novela, *Hondo,* en Estados Unidos. Cada uno de los más de 120 de sus libros sigue en edición viva; hay más de 300 millones de ejemplares por todo el mundo, convirtiéndole en uno de los autores con más ventas de la literatura contemporánea. Sus libros se han traducido a veinte idiomas, y se han rodado películas de largometraje y para televisión de más de cuarenta y cinco de sus novelas y cuentos.

Sus superventas de tapa dura incluyen *Los dioses solitarios, El tambor ambulante* (su novela histórica del siglo doce), *Jubal Sackett, Último de la casta* y *La mesa encantada.* Sus memorias, *Educación de un hombre errante,* fueron un éxito de ventas en 1989. Las dramatizaciones y adaptaciones en audio de muchos relatos de L'Amour están disponibles en cassettes y CDs de la editorial Bantam Audio.

Receptor de muchos e importantes honores y premios, en 1983 el Sr. L'Amour fue el primer novelista que recibió la Medalla de Oro del Congreso otorgada por el Congreso de Estados Unidos en reconocimiento a su trabajo. En 1984 recibió la Medalla de la Libertad del presidente Reagan.

Louis L'Amour falleció el 10 de junio de 1988. Su esposa, Kathy, y sus dos hijos, Beau y Angelique, continúan la tradición L'Amour con nuevos libros escritos por el autor durante su vida y que serán publicados por Bantam.